D0681869

bien lu partout

IAN ADAMS

Pour la sécurité de l'état

est publié simultanément en Anglais au Canada par Doubleday Canada limited, aux États-Unis par Doubleday and Compagny Inc. et en français au Canada par librairie Beauchemin limitée

Pour la sécurité de l'état

Ian Adams

traduit de l'anglais
par
Lise DiVirgilio

Beauchemin

Collection «Bien lu partout»

titre original

End game in Paris

© 1979 Ian Adams and Associates

ISBN: 0-385-14935-2

Fiche Catalogue 78-22767, library of Congress

Tous droits réservés.

traduction française

© 1979, librairie Beauchemin Ltée

Dépôt légal: 3e trimestre 1979
Bibliothèque Nationale du Québec.

Copyright, Ottawa 1979

Tous droits réservés.

Maquette de la couverture: Jacques Robert

du même auteur

les romans
S. PORTRAIT OF A SPY
THE TRUDEAU PAPERS

les ouvrages «non fictifs» intitulés
THE POVERTY WALL
THE REAL POVERTY REPORT (co-auteur)

Ce livre est dédié
à J.T. et à J.R.

REMERCIEMENTS

Je tiens tout d'abord à remercier mon ami et collègue Jean-Pierre Rogel. Sans lui et sa recherche, je n'aurais pas pu écrire ce livre.

Je remercie également Nick Auf der Maur, Ron Lebel et Ron Haggert qui, au cours de conversations, m'ont donné des points de départ à partir desquels je ne pouvais plus reculer.

Enfin, je remercie ceux et celles qui m'ont manifesté leur confiance en me consacrant des heures précieuses d'entretien.

LISTE DES PERSONNAGES

Par ordre de présentation.

Timothy Stern, photographe indépendant.

Atkinson, journaliste à la télévision de Toronto.

Ledman, agent de la CIA à Montréal.

Varley, adjointe aux opérations de la CIA à Montréal.

Le Colonel, agent de renseignements, responsable d'un groupe spécial de contre-terrorisme.

Centaure, nom de code d'un informateur de la CIA et de la GRC travaillant au sein du Parti Québécois.

Morissette, alias d'un agent provocateur à l'intérieur du Front de Libération.

Lamontagne, autre agent de police.

L'organisateur, aide ministériel.

René, officier du SDECE, organisme de renseignements français, agissant au Québec.

Malaan, journaliste nigérien en exil politique à Alger.

Selim et Salem, alias de deux membres du Front à Alger.

«Un homme d'affaires de St-Léonard», un homme d'affaires de St-Léonard.

N'importe qui peut rencontrer son sosie.

Freiderich Durrenmatt
The Doppelganger

Pressé de rentrer chez lui, marchant contre le vent glacial de la nuit qui s'engouffre dans l'allée, Stern reçoit un violent choc à la vue d'une scène qui lui fait presque fléchir les genoux.

Trois gros rats, peut-être en a-t-il vu quatre, gisent sur les dos. Leur corps, d'un brun sale, a l'aspect ballonné des cadavres. Toutes griffes dehors, leurs pattes semblent prêtes à briser les couches de glace sales qui les retiennent prisonniers.

Un instant, Stern se dit qu'une fois de plus il rêve éveillé. Il entend tout à coup dans sa tête le «clic!» de sa caméra automatique Nikon et voit passer dans un éclair des images déjà captées par son objectif de 100mm; des rats qui rongent, qui courent à la débandade par-dessus des tas de cadavres vietnamiens, grisâtres, empilés dans les rues froides de Hué où la peur règne en maîtresse; des rats qui sortent d'un tunnel bombardé près de Qui Nhon, le ventre plein, se pourléchant les moustaches d'où pendent des lambeaux de chair.

Stern ramène son col sur sa gorge et se hâte de franchir l'allée, poursuivi par les images qu'il vient d'absorber: les dents pointues comme des aiguilles, l'épaisse fourrure emmêlée et les yeux exhorbités; même les queues sont là, enchevêtrées sous la glace. Les rats communiquent-ils avec leur queue? se dit-il.

Une fois de plus, il se demande si un jour un choc quelconque parviendra à développer les films de son esprit où se succèdent des visions de mort. Parviendra-t-il à trouver un style de vie ou à réaliser quelque chose qui effacera tout. Pourquoi ces images de la guerre ne se sont-elles pas tout simplement transférées aux milliers de mètres de film qu'il a si soigneusement exposé?

Au contraire, elles se sont répandues comme une teinture multicolore au-delà de l'objectif, au-delà du film, au-delà des émotions cautérisées par le combat, pour s'infiltrer dans les cellules de sa mémoire, enrober les ganglions de son système nerveux, corroder les minuscules commutateurs électriques des synapses, le canal des horreurs toujours ouvert en mode de réception, de sorte qu'une image du quotidien urbain — un hélicoptère commercial voltigeant au-dessus de la circulation de cinq heures sur la voie rapide — le ramène soudainement près d'une rizière, à plat ventre dans la boue. Dans ses oreilles, le mugissement assourdissant du combat; le hurlement des blessés; les cris rauques des officiers regroupant leurs hommes. Au-dessus des arbres, un hélicoptère Medevac, charognard moderne, s'efforce de grimper pour échapper au tir des mortiers. Les visions diurnes de Stern étaient le produit de souvenirs qui l'avaient psychiquement affecté.

(«Durant cette période, j'ai souvent songé à une machine dans laquelle je pourrais faire rejouer mes souvenirs. À une machine qui par un miracle de la technologie transformerait toutes les scènes atroces emmagasinées dans ma mémoire en une série de photographies destinées à une agence de presse, me laissant là, sans plus un souvenir de cette guerre finie, du moins pour moi.»)

Pas surprenant qu'il se soit attaqué fiévreusement à la tâche d'effacer de sa mémoire ces films du Viet-nam. L'alcool et la drogue firent effet pendant un certain temps. Mais l'effet ne fut que temporaire. C'était un procédé ardu et sans espoir, qui donnait de moins en moins de résultats. Car, même quand il était drogué, ses souvenirs persistaient, se transformaient en structures imposantes qu'il devait contourner avec acharnement pour revenir à un point neutre de sa vie. Il n'y avait pas d'espace intact dans les cellules bondées de sa mémoire et les hallucinogènes détruisaient peu à peu ce qui restait en lui d'intouché. Jusqu'au soir où il se vit transformé en homme-araignée, brûlé par de l'acide, forcé de naviguer dans une ville aux rochers de verre blanc sans visage. Cette expérience évoqua en lui une paranoïa si dévastatrice qu'il décida que sa survie consistait à s'adapter à ses souvenirs plutôt qu'à les détruire. Pour y arriver, Stern se raisonna. Il devait établir un contact réel avec la société vers laquelle il était revenu.

Et pourtant, voilà où régnait l'ultime confusion. Stern devait admettre que depuis son retour du Viet-nam, rien ne l'avait incité à se réintégrer au monde des vivants. Il se sentait surtout voguer à la dérive («comme si je marchais hors de ma propre vie»), suffoqué par la banalité institutionnalisée de la culture américaine. Dans les rues de Toronto, jour après jour, rien ne l'incitait à sortir de lui-même et à se mettre dans la peau de l'observateur omniscient, de celui qui joue le tout pour le tout simplement pour vivre à côté de la pire des violences que l'homme peut imposer à ses semblables. Il vivait des instants de désespoir quand la vue de quelques rats morts de froid sous la glace avait eu raison de lui.

Que faire? Il reconnaissait depuis longtemps que le choc de son retour avait paralysé sa volonté, l'avait plongé dans une inertie qu'il semblait incapable de secouer après avoir réussi, dans l'immédiat, a contrôler sa folie post-vietnamienne. Physiquement, il était actif, mais son esprit restait emprisonné dans une chambre de décompression émotionnelle. Dans sa solitude, il avait de la difficulté à évaluer son emploi du temps. L'énergie mentale de Stern, autrefois considérable, était prisonnière, tournait en rond à l'aveuglette, ne lui laissant en pâture que les miettes de son ennui quotidien.

Cet après-midi, cependant, il avait senti une prise de conscience aiguë, un coup d'épingle familier sous la peau qui promettait une remise en marche du flux énergétique.

En entrant dans son appartement, Stern se dit que les rats étaient sans doute un présage, qu'ils avaient un rapport nébuleux avec l'incident de l'après-midi.

Attablé dans un de ses bars favoris du centre-ville, devant le reste de son troisième cappuccino au rhum, il attendait que passe l'un de ces éternels après-midi. Il avait commencé à réagir contre le vide de son existence. Une partie de ce projet inconscient consistait à lire laborieusement *Le Devoir* chaque jour. (Il ne s'agissait pas de perfectionnement pour Stern dont la connaissance du français était rudimentaire. Mais pendant qu'il consacrait toute son attention à la lecture de ce mince journal de Montréal, deux heures passaient, parfois même trois. L'étude des langues était un reliquat de son éducation bourgeoise. Son père, linguiste, avait une certaine renommée dans les milieux universitaires et Stern se piquait, un peu par perversité, d'avoir réussi à glaner les rudiments de plusieurs langues en errant par monts et par vaux. À trente ans, il en baragouinait quelques-unes.)

Il essayait si intensément de décoder l'éditorial, une autre demande tortueuse de rapatriement de l'inexistante constitution canadienne, qu'il lui fallut passablement de temps pour se rendre compte qu'un client à la table voisine le fixait intensément, l'oeil mauvais.

L'homme pouvait avoir vingt-huit ans. Il était mince, habillé à la façon des étudiants radicaux. À en juger par son âge, plusieurs années s'étaient écoulées depuis la fin de ses études de premier cycle, mais il ne voulait pas qu'on le prenne pour un être assimilé au mode de vie de la classe moyenne.

Son visage était long et mince. N'eût été l'obsession que traduisaient ses yeux d'un bleu intense fixés sur Stern, il aurait eu l'air intelligent. Pris au dépourvu, Stern haussa les épaules et remonta le journal devant son visage pour fuir le regard inquisiteur. Il essaya de se replonger dans l'argumentation de l'éditorial, mais le monologue de la compagne du jeune homme au regard fixe l'empêchait de se concentrer. Assise, tournant le dos à Stern, elle n'arrêtait pas de parler, indifférente aux préoccupations de son compagnon: «la libération personnelle... la thérapie... l'indifférence des hommes à leurs émotions...» ces bribes de phrases flottaient au-dessus du murmure général des conversations dans le bar. Sa voix était basse, son timbre rauque. Stern se dit qu'elle devait avoir dans la trentaine. Elle lui donnait l'impression d'être une grande femme au visage morne. Mais quand elle se leva pour partir en compagnie de l'homme, Stern fut surpris de constater qu'elle était de petite taille et que ses traits étaient presque fins. Une certaine force émanait du reste de son corps. Des seins et des hanches fortes, des mouvements pondérés, réfléchis. Derrière son journal, Stern réfléchissait à l'étrange contradiction de son allure quand soudain il se trouva nez à nez avec le jeune homme dont l'étrange visage semblait suspendu là, à quelques pouces au-dessus de lui, pâle et tendu, empreint d'une colère à peine contenue.

— Stern? murmura-t-il d'une voix qui reflétait l'urgence et d'un ton qui tenait plus de l'inquisition que de la simple question.

— Oui? répondit Stern, machinalement.

— On t'a dit que si jamais tu revenais on te tuerait. Et le mince visage blême disparut derrière un groupe de silhouettes aux manteaux sombres se frayant un chemin vers la porte.

Stern eut la sensation que la température était soudainement montée dans le bar. Bouche bée, il se demandait quoi faire. D'une part, son subconscient lui disait de se lever d'un bond, de saisir l'homme et de lui demander de quoi il parlait. (Mais je me dis: «Jouons le jeu, ça pourrait devenir bien plus intéressant que *Le Devoir*.») Époustouflé, intrigué, il regarda fixement à travers les portes vitrées du bar le couple qui traversa la rue par ce triste après-midi d'hiver et disparut derrière un rideau de neige légère. Ce n'est qu'une heure plus tard qu'il commença à ressentir des pincements d'anxiété. En descendant du tramway, près de son appartement, il crut reconnaître l'épaisse silhouette de la femme descendant de la porte arrière. Mais il n'en était pas certain. Il faisait trop sombre. Trop de gens se pressaient à l'arrêt. Puis, comme il rentrait chez lui il y avait eu cette histoire de rats.

Toute la soirée, Stern fit les cent pas dans son appartement dénudé, s'interrogeant sur l'incident du bar. Il ne pouvait en détacher sa pensée. Il était convaincu d'avoir été pris pour quelqu'un d'autre qui, par une coïncidence extraordinaire, portait le même nom que lui. Il s'avoua intrigué et même un peu surexcité. (Il confessa plus tard au journaliste Atkinson que cette réaction reflétait probablement son absence d'engagement dans sa propre vie.)

Mais il ne possédait pas la certitude de la réalité de cette «prise de conscience aiguë». Même si elle ne le rapprochait pas de la vie, du moins elle lui laissait entrevoir une certaine promesse d'action qui briserait le silence et la torpeur dont il était entouré. Stern ne se faisait pas encore confiance. Ses réactions à la menace qu'on lui avait faite dans le bar le ramenaient aux vieux schèmes de comportement dont il voulait se libérer; au narcissisme qui masquait son désir de mort, à l'aimant qui l'avait toujours attiré avec tant de succès vers le voyeurisme de la violence et de la mort. Il fut frappé de sa réaction. Elle se rapprochait trop de cet instant de compréhension qui l'avait forcé à quitter brusquement le Vietnam.

Son départ de Saigon était survenu à un moment de son existence où il s'était rendu compte, du moins consciemment pour la première fois, que les catastrophes quotidiennes de la guerre étaient aspirées dans un trou noir de sa mémoire. Les incidents et les détails qu'il avait l'habitude d'absorber facilement et d'enregistrer avec enthousiasme sur film commençaient à passer devant ses yeux l'un après l'autre, pour finalement descendre par gravité psychique dans les vallées de son esprit. Il ne faisait presque plus de photos. («J'ai compris alors que j'étais pris au piège.») Stern se rendait compte que la guerre avait créé chez lui une dépendance, qu'il était branché à cette source d'énergie aveugle qui le soulevait d'une zone de combat à une autre, qu'il ne cherchait plus vraiment la photo entre toutes, mais plutôt ces instants de terreur qui le conduisaient au bord du gouffre d'où il reculait au dernier moment...

Stern admettait que son expérience au Vietnam était l'indice d'une bonne dose de narcissisme sous-jacent. Même plus tard, à son retour, lorsqu'il eut le temps de réfléchir à la question, il crut honnêtement avoir joué le jeu. Dans sa naïveté, il pensait s'être lancé à la poursuite d'une réalité fondamentale que personne n'avait découverte avant lui derrière la colossale stupidité de la guerre. («Après tout, je continuais à tirer les cartes après qu'*eux* eurent levé le rideau. Me glissant derrière les groupes ayant pour mission de dénombrer les morts ennemis après le combat, me frayant un chemin sur les collines assiégées, oubliées de Dieu lui-même, où les Marines mu-

tins tiraient sur leurs propres hélicoptères...
j'avais payé pour voir ces cartes-là, ne croyez-
vous pas?») Puis, en un instant de sombre tris-
tesse, dans l'enfer assourdissant d'un hélicoptè-
re-mitrailleur, on lui passa la carte de la vérité,
l'atour, à l'envers, à travers le cadavre d'un jeune
Américain, recroquevillé sur le pont vibrant couvert de sang de l'appareil: *Aucune réalité ne se trou-*
vait au-delà de l'inutilité monstrueuse de la guerre —
c'était là que se situait la vérité, la vérité dans toute
sa décrépitude.

Le lendemain matin, il s'était éveillé à la réalité
dans sa chambre au-dessus des cuisines de l'Hôtel
Continental de Saigon: («Une chambre d'espion
aux murs tapissés de vieilles cartes de campagnes
françaises»; une chambre qu'on lui avait trouvée,
même si l'hôtel était bondé, simplement parce
qu'il avait eu le bon sens de parler français au
Vietnamien, éduqué à Paris, préposé à la réception). Cette guerre n'avait plus rien à lui apprendre, rien de ce qu'il ne savait déjà. Il en conclut
que la seule carte qu'on pouvait maintenant lui
donner était l'as de pique. («Viendrait-elle, me
demandais-je, comme la petite carte qu'on enfon-
çait dans la bouche des cadavres vietnamiens,
avec l'insigne et les mots *«la mort est venue d'en*
haut», en langue vietnamienne — ça faisait partie
du rituel militaire américain.») Il décida de partir.

Sous la douche, il fit part de sa décision à la
joyeuse rousse, une journaliste australienne qui
avait passé la nuit avec lui. Derrière un rideau de
vapeur, elle lui fit signe que oui, sans manifester
d'étonnement. Elle écarta soudainement les jam-

bes, comme elle en avait l'habitude, pour uriner dans le drain de la douche. L'odeur âcre de l'intérieur de son corps se mêla à la vapeur et remplit momentanément la cabine. Un sourire malin au coin des lèvres, elle lui demanda le savon et commença à se savonner les cuisses. «Ne traîne pas pour couvrir une dernière opération!» lui lança-t-elle, en guise d'avertissement. «Ça fait deux ans que tu es là et la chance n'est plus avec toi.»

C'est ainsi qu'il quitta Saigon cet après-midi là, comme un homme attendant le train et qui traverse la voie pour le prendre dans l'autre direction.

Stern n'était pas prêt à ce qui l'attendait au retour. Il se retrouva dans un état d'aliénation totale. À sa descente d'avion il fut subitement plongé dans une masse de corps laids, enflés par l'âge. La voix rauque des Nord-Américaines lui tapait sur les nerfs. Tous ces commérages et ces badinages dont il n'avait plus souvenir, les interminables conversations sur les voitures, le prix de l'essence. Les lamentations sans fin de la classe moyenne bien nourrie, à propos «des gens qui ne veulent pas travailler», la fixation du public sur le sport professionnel et les ruses d'ouverture des femmes à l'affût. Tout cela lui rappelait les motifs de son départ d'Amérique; maintenant, pour les mêmes raisons, il se retranchait dans un isolement qui lui donnait l'impresison d'avoir pénétré dans le silence d'une de ses photos.

De retour à Toronto, il eut tout d'abord la vague impression de pouvoir reprendre son travail de photographe indépendant, là où il l'avait laissé. Il fit le tour des bureaux des magazines... et n'y vit que des visages neufs. On le traitait avec respect, on l'accueillait gentiment, mais il découvrit que sa perception des choses avait changé. Cette découverte l'inquiéta. Il n'arrivait pas à partager le mélange de fascination et de cynisme qu'éprouvaient les rédacteurs en chef des grandes revues pour le style de vie propre à la société de consommation. Le travail qu'on lui proposait était trop ordinaire, destructeur de l'esprit par sa superficialité commerciale. Il refusa les offres en disant poliment: «Merci, je suis très occupé...». En réalité, il était soulagé d'avoir refusé du travail car, depuis son retour, il lui était pénible de saisir une caméra, de cadrer, d'appuyer, d'imprimer. En somme, il n'aurait pu faire du bon travail.

Heureusement qu'il avait une porte de sortie; qu'il était tombé sur le gros lot. Pendant son absence, un terrain boisé de quarante acres en bordure d'une ville-dortoir avait pris de la valeur. Il l'avait payé $15 000 huit ans plus tôt, (le fruit d'une modeste assurance-vie récoltée à la mort de ses parents). On lui en offrait $125 000. Après avoir passé tout un après-midi à se promener dans les bois, il vendit sa propriété sans hésiter et loua un appartement avec chambre dans le quartier portugais près du Marché Kensington, au coeur même de la ville.

L'appartement se trouvait au rez-de-chaussée d'une demeure victorienne de deux étages, dans une rue aux maisons mitoyennes indestructibles, bâties par des artisans britanniques vers les an-

30

nées 1900. Son propriétaire, qu'il trouva tout de suite sympathique, était un veuf nommé Gomes qui habitait au deuxième. Il marchait avec une canne (un accident de la construction lui avait écrasé quelques vertèbres). Il traita Stern avec une déférence à laquelle celui-ci ne s'attendait pas. Le photographe comprit pourquoi quand il se rendit compte, plus tard, que ses deux voisins avaient des chiens qui jappaient furieusement pendant des heures. Gomes s'excusait et leur hurlait souvent des jurons en portugais, par-dessus la clôture. Mais les jurons avaient peu d'effet. Les chiens se taisaient momentanément pour reprendre de plus belle leurs hurlements névrotiques. Il était clair qu'à cause des chiens Gomes avait de la difficulté à garder ses locatai-res. La plupart du temps, il restait seul dans sa minuscule cuisine du deuxième, faisant jouer à répétition le fado d'Amalia Rodrigues sur un ma-gnétophone portatif. («Elle est trop puissante pour les jeunes — seuls les hommes de mon âge peuvent l'écouter sans pleurer.») Stern se dit que Gomes lui ressemblait. Il était seul comme lui. À l'occasion, ils prenaient un verre ensemble. Go-mes semblait étrangement isolé de la commu-nauté portugaise dont les membres vivaient gé-néralement très près les uns des autres. Stern se dit que c'était sans doute parce qu'il venait du Portugal alors que les autres étaient presque tous originaires des Açores. Ce n'est que plus tard qu'il trouva un billet plié dans sa boîte aux lettres portant un message griffonné au crayon, *Gomes sala com a policia*.

Le vieil homme n'allait pas fouiller dans la vie de Stern, mais il était envieux: «Vous avez beaucoup de femmes, eh?».C'était vrai. Toute sa vie, les femmes lui étaient tombées dans les bras bien trop facilement. Stern était de retour depuis quelques semaines à peine quand l'inévitable se produisit: une femme lui proposa de vivre avec lui. Il avait fait sa connaissance à une réception à laquelle l'avait invité un ancien camarade d'université, qui avait acquis une certaine réputation d'avocat radical. «Il faut que tu rencontres de nouveaux visages, Stern. Je te promets qu'on ne dira pas un mot de la guerre.» Mais presque tout le monde en parlait. Après tout, en 1970, la guerre était un sujet de conversation à la mode. Parmi ceux qui se trouvaient là, plusieurs étaient des déserteurs. C'étaient des hommes intelligents, instruits et déjà lancés dans une carrière d'écrivain ou d'universitaire. Stern n'était pas en désaccord avec leur prise de position mais il lui était difficile de causer avec eux. Il revoyait sans cesse le visage de jeunes soldats américains qu'il avait connus, des gars de la campagne, des gars de la ville, pas très instruits. L'un des déserteurs lui annonça qu'il était en train d'écrire un livre sur la guerre. «Comment pouvez-vous faire une chose pareille?» demanda Stern, «Vous n'avez pas payé pour y assister.». Il y eut un froid entre eux et l'écrivain tourna les talons. Stern profita de la première occasion pour fuir le rassemblement, amenant avec lui une jeune femme qui partageait son appréciation pour The Grateful Dead. C'était en fin de semaine et ils passèrent les·jours suivants à faire l'amour, amicalement, relaxés. Ils firent de longues promenades. Elle étudiait le droit et venait de quitter son mari. Et puis... «Je sais, c'est un peu soudain», dit-elle en souriant, «mais je cherche un endroit où loger pendant quelques semaines. Je m'arrangerais pour payer la moitié du loyer. Je pourrais amener quelques meubles; tu sembles en avoir besoin.». L'invitation à créer des liens enveloppants était accentuée par un regard chaleureux. Stern l'aimait bien. Elle était intelligente et sereine. Un instant, il se sentit fléchir, entrevit dans un éclair une verdoyante prairie et l'avantage de savoir ce que réserve le lendemain. Puis, il détourna son regard, ce qui équivalait à un froid refus de sa part. Écrasée, humiliée, elle lui dit un peu plus tard, pour se venger: «Tu sais, tu aurais dû rester au Viet-nam. Tu es parti avant de savoir ce que tout cela signifiait pour toi.». Il se mit à rire de sa bêtise. «Non,» répliqua-t-il, «je ne faisais que passer.». Il se leva ensuite du matelas posé sur le plancher pour traverser la chambre sans meuble et enclencher dans sa vieille Sony une cassette de Leonard Cohen. («Celle qu'ils faisaient jouer à l'appartement de la rue Tu Do à Saigon... Passer, dites à tous les généraux que vous m'avez vu passer.] et qu'ils parodiaient en choeur.»% Elle, ne comprenant pas et se sentant de trop, se leva, s'habilla et ne revint jamais.

D'autres femmes, attirées rapidement par Stern, par cet homme blond et svelte, l'abandonnèrent tout aussi rapidement. Ça lui était indifférent et, en dépit de sa solitude, il ne faisait aucun effort pour les retenir. Il savait aussi que le fait de pénétrer un grand nombre de femmes n'allait pas nécessairement faciliter sa réintégration dans la société vers laquelle il était revenu. Il avait du mal à ne pas couler à pic. C'était la période au cours de laquelle la guerre le pourchassait. Tout d'abord, elle envahissait son sommeil par le truchement de monstrueux cauchemars. Il adopta un mode de vie destiné à la contrer. Craignant l'obscurité, il lisait toute la nuit, la lampe allumée... presque toujours des bouquins sur l'histoire ancienne, médiévale, moderne; il lisait au hasard, allant et venant de l'Asie à l'Europe. Les époques et les pays s'effondraient et se télescopaient les uns les autres. (En trois nuits successives, il réussit à parcourir quelques chapitres de *The Black Death* de Philip Ziegler; le premier volume de la trilogie d'Isaac Deutscher sur Trotsky, *The Prophet Armed*; et *The Conquest of Spain* par Barnal Diaz.) C'est alors que les rêves réprimés de ses nuits se mirent à déborder sur ses moments de veille. Il se rabattit sur la course à pied, par une réaction purement instinctive.

À l'université, il avait fait de l'athlétisme. Grand, doté de longs membres, il courait avec une facilité déconcertante. Aux 1 500 mètresm il avait été l'homme à battre. Il courait maintenant pour devancer les ombres de son subconscient. Comme il était en piètre condition physique, il ne pouvait faire que deux ou trois kilomètres à la fois. Son coeur pompait rapidement des tassées de sang, inefficace et désespérément avide d'oxygène, incapable d'épurer ses muscles de leur résidu d'acide lactique. Cet effort déraisonnable le rendit tout d'abord malade. Il était en colère contre lui-même, une colère démesurée. Mais il ne renonça pas et put bientôt parcourir huit kilomètres par jour, puis douze, puis quinze. (Gomes: «C'est bien que vous couriez. Cette ville est ennuyeuse quand on y marche.») Il courait seul, évitant les groupes de coureurs. Figure solitaire hantant les parcs et les ravins de la ville. Il courait jusqu'à ce qu'il dorme, jusqu'à ce qu'il échappe à ses cauchemars diurnes. Alors, l'information relàée sous forme de minuscules éclairs électriques par les groupements vigneux des nerfs de son corps avait ses exigences et modifiait subtilement les niveaux de potasse et de sodium de chacune de ses cellules. La transformation chimique parvenait à rétablir le contact entre les synapses obstrués et les plaques d'extrémités de ses nerfs. L'information exerçait une pression de plus en plus forte et fréquente. Ça donnait les résultats escomptés. Il se sentait merveilleusement bien de pouvoir courir toute la journée et de se libérer temporairement des images qui l'opprimaient. Il triomphait d'avoir une fois de plus repris le dessus et de pouvoir assumer la responsabilité de son propre corps. L'oxygène, dans ses poumons et dans son sang, transportait l'information, brulait l'entrophie psychique du Viet-Nam jusqu'à ce qu'elle se transforme en chaleur et qu'elle se dégage de son propre corps sous forme de carbones épuisés qui perturbaient au hasard l'espace qu'il traversait en courant. Son corps fatigué décrochait de son esprit. Il pouvait maintenant dormir de huit à dix heures par nuit, dans un état d'oubli total, après quoi il n'était dérangé que par de vagues rêves, flous et courts, qui le prenaient au dépourvu pendant les quelques instants précédant son réveil. Ils ne signifiaient rien, n'étant que la fin d'un film sortant du projecteur, tournant sans but sur la bobine.

Tout ceci lui arriva entre la fin de l'été et l'automne. Il était tellement pris par son monde intérieur qu'il ne se préoccupait pas du reste de l'univers. Quand le Front de Libération du Québec se mit à faire exploser des bombes et à enlever des hommes politiques, cela n'eut pas plus d'effet sur lui que si l'on avait annoncé l'état de siège en Argentine. Du moins jusqu'à cet après-midi là, dans le bar de Toronto.

Un peu après minuit, le téléphone sonne. La clameur persistante de la sonnerie rejoint Stern, profondément endormi. Il finit par répondre... son interlocuteur reste muet. À moitié endormi, Stern se dit qu'il a dû raccrocher. Mais ce premier appel est suivi de deux autres, à vingt minutes d'intervalle. Chaque fois, on reste muet à l'autre bout du fil. Pour une raison que Stern ignore, il ne revoit pas le visage tendu par une intense colère au bar, mais plutôt celui de la femme forte au joli visage. L'interlocuteur inconnu écoute pendant une vingtaine de secondes Stern qui réponD: «Allo, qui est là?». Il raccroche ensuite doucement. Après le troisième appel, Stern décroche le récepteur. Incapable de retrouver le sommeil et agissant par impulsion, il s'habille vivement et se rend en voiture au poste de police du quartier.

À deux heures du matin, l'immeuble de deux étages, qui fait tout un pâté de maisons, est presque désert. L'intérieur est de béton gris brut. Le triste décor est égayé ici et là par des portes de métal peintes dans des tons de bleu ou de rouge brillant, comme dans les nouvelle écoles secondaires de la ville. Mais, au bout des corridors vides, Stern aperçoit les honteuses cages et portes à barreaux. Dans la salle de réception, une vingtaine de fauteuils en plastique, boulonnés au mur de béton en demi-cercle; une femme entre deux âges est assise seule, hébétée, regardant tout droit devant elle. Derrière un long comptoir, un jeune constable est assis à un pupitre, à demi dissimulé par des piles de formulaires et de dossiers. Il hoche la tête sèchement pour faire signe à Stern qu'il l'a vu, mais il poursuit son travail.

Stern lutte contre son envie de partir, inspiré par son expérience avec la bureaucratie et l'intuition que cette aventure pourrait mal tourner. Au moment même où il s'apprête à retourner d'où il vient, le constable abandonne sa tâche et s'approche du comptoir. Le jeune policier qui peut avoir entre vingt et vingt-cinq ans a déjà adopté une attitude de passivité endurcie. Il est énorme et lorsqu'il pose ses grosses maisn sur le comptoir et se penche vers Stern pour lui dire sèchement «Oui?», celui-ci fait un effort pour ne pas s'excuser; il se sent un peu ridicule.

— Je voudrais parler à quelqu'un à propos d'une menace?

— Quel genre de menace?

— Et bien, je suppose qu'on pourrait qualifier ça de menace de mort.

L'agent de police cherche le formulaire approprié.

— Nom... adresse... téléphone?

Stern lutte contre la panique. («Je me rappelle m'être dit: calme-toi. Je suis un citoyen qui demande conseil et aide à la police. Ce ne sont pas les souris blanches de Saigon[1], je n'aurai pas à payer pour sortir d'ici.»)

«Veuillez vous asseoir» dit brusquement le constable. C'est plus un ordre qu'une invitation. Il tourne le dos à Stern et disparaît le long d'un des corridors menant à la salle de réception. Une porte s'ouvre un instant et Stern entend des sonneries de téléphone, des voix d'hommes et l'écho métallique des messages radio. Quelques minutes plus tard, le constable revient en silence à son pupitre encombré de paperasses.

Stern attend vingt minutes et se promet bien de ne pas attendre plus de dix minutes. Il est à nouveau sur le point de partir quand un homme d'âge mûr, en complet brun, apparaît derrière le comptoir en béton.

«Monsieur Stern! Par ici, s'il vous plaît.» Il ouvre la porte vitrée qui donne sur une petite pièce attenante à la réception. Dans la pièce dénudée en béton rugueux se trouve une table entourée de quatre chaises superposables en plastique de couleur.

L'homme fait signe à Stern de s'asseoir dans un fauteuil jaune. Le photographe examine l'homme qui se présente: «Détective McLuhan. Je m'excuse de vous avoir fait attendre» dit-il en souriant pour la forme. Il ajoute sur un ton

1) police vietnamienne, connue pour sa corruption et son inefficacité.

énigmatique: «mais l'ordinateur s'est trouvé en dérangement pendant quelques minutes.» Cet homme semble ne pas avoir de visage. Il n'y a rien de remarquable dans son expression, ni dans ses manières, ni dans sa façon de s'habiller. Stern est frappé par les patients efforts qu'il a dû déployer pour adopter cette attitude efficace de vide par l'intérieur.

En quelques mots, Stern raconte au détective les motifs de sa visite, l'incident du bar et les appels anonymes. Pendant ce temps, le détective joue avec une feuille d'imprimants Télex sur laquelle il griffonne paresseusement comme pour se moquer de Stern. Au moment où ce dernier s'apprête à lui dire que de toute évidence il s'agit d'une erreur d'identité, le détective McLuhan l'interrompit:

— Comment gagnez-vous votre vie, Monsieur Stern?

— Je suis photographe.

— De quel genre?

— Indépendant.

— Ah!... je vois.

Stern perçoit un ton de détachement dans la voix du flic; la consigne veut qu'on traite les journalistes avec égard, mais aussi avec un mépris à peine déguisé; les indépendants ne sont pas dignes de cet honneur négatif. C'est alors que sonne le téléphone. Stern n'avait pas remarqué sa présence et la sonnerie, dans cette pièce fermée, le fait sursauter. Tandis que McLuhan parle, ou plutôt écoute l'information que lui transmet quelqu'un à l'autre bout du fil, Stern a l'impression que le visage du détective se détend. À un certain moment, il se retourne pour regarder Stern d'un air amusé et étrangement complice. Ce coup d'oeil le dérange. Quelques minutes plus tard, Stern reste bouche bée en entendant McLuhan dire: «Oui, il est ici. Voulez-vous lui parler?» Il tend le récepteur à Stern en lui faisant un clin d'oeil qui n'a rien d'officiel.

— Tim, voici un de vos vieux amis.

Silencieux, Stern prend l'appareil.

— Tim?

— Allo?

— Tim Stern?

— Oui...?

La voix à l'autre bout du fil est empreinte de confiance et d'urgence, chargée d'autorité. «Ici Don Hutton des Services de Sécurité. Je suis certain que vous vous souvenez de moi, du temps de Montréal. Écoutez, Tim, vous avez choisi un bien mauvais moment pour réapparaître. Qu'est-ce qui vous est arrivé? Vous avez réussi à mêler les cartes. Non, maintenant écoutez-moi. Je n'ai pas le temps de vous parler. Je travaille sur la côte ouest et je ne puis vous aider à vous sortir du pétrin dans lequel vous vous êtes fourré cette fois-ci. Non pas que ça m'intéresse particulièrement, compte tenu du mauvais tour que vous m'avez joué. Ces choses ne s'oublient pas aussi facilement et vous devriez le savoir. Allez voir le Caporal Robinson. Vous vous souvenez sûrement de lui. Il travaille au quartier général de la Division 0 à Toronto. Je vais lui dire que vous êtes là. Je n'ai qu'un conseil à vous donner, ne vous montrez pas à Montréal. C'est tout.» Clic, et la voix s'arrête.

Stern reste assis pendant quelques secondes, tenant toujours l'appareil collé à son oreille. McLuhan tend le bras. D'un geste ferme il prend lentement le récepteur et raccroche en disant: «N'oubliez pas, Tim, que vous êtes sur le vieil ordinateur. Il va falloir vous en souvenir à partir d'aujourd'hui.»

Le principal personnage d'un tableau c'est la lumière.

Édouard Monet

Avant que les illusions créées par l'imagerie de ces écrits ne se mêlent à vos fantaisies et à vos rêves («Le lecteur doit faire partie de l'équation» — Sartre), avant qu'elles n'atteignent le niveau où naît l'attente dans votre esprit, un état considéré comme souhaitable et même souvent prévisible par les auteurs d'espionnage-fiction, l'auteur aimerait — non pas pour démystifier le processus mais pour renforcer la réalité de l'expérience; tout comme les peintres insistent sur le fait que par l'agencement de l'espace et de la couleur, la toile est en réalité une surface à deux dimensions et non une fenêtre à trois dimensions par laquelle on s'échappe — attirer l'attention du lecteur sur le meurtre non résolu d'un certain Jean-Baptiste Villeneuve, âgé de vingt-trois ans, trouvé mort d'un coup de pistolet dans la chambre d'un hôtel miteux de Paris, le 30 janvier 1971; il s'agit, plus précisément, d'une enquête sur les événements et les circonstances qui ont entraîné la mort de Villeneuve. Les noms, les personnages, les dates et certains lieux ont été changés pour protéger l'identité de certaines personnes.

Dans la même veine, l'auteur peut attester qu'il a bel et bien consacré l'avance de l'éditeur ($20 000) plus $7 482 de ses propres deniers (des reçus à l'appui, soigneusement compilés couvrent les frais de déplacement, le paiement des informateurs, etc.) pendant dix-huit mois, à la poursuite de deux complots parallèles hypothétiques et des motifs du meurtre de Villeneuve.

Tout d'abord, la première hypothèse veut qu'il ait été assassiné par certains agents d'organes de renseignements du Canada, dont les dirigeants, convaincus que Villeneuve était sur le point de rentrer au pays pour prendre la tête du Front de Libération révolutionnaire, ordonnèrent son assassinat.

La deuxième hypothèse veut qu'il ait été assassiné par un camarade névrosé, convaincu que Villeneuve avait renoncé à la révolution. Soutenu par la paranoïa maligne de la trahison qu'il soupçonnait, il aurait tiré deux balles de calibre .22 dans la tête de Villeneuve par l'arrière, au moment où celui-ci écrivait, assis à une table.

Cela ne veut pas dire que le meurtre de Villeneuve soit devenu une cause célèbre. Malheureusement, il n'atteignit même pas le niveau où l'on aurait pu le qualifier *d'affaire Villeneuve* en sachant que les gens (dans ce cas, les hommes politiques, les policiers et les journalistes) auraient une vague idée de ce dont on parle. En vérité, la mort de Villeneuve n'a été qu'un fait divers dans les journaux de France et du Canada. On sous-entendait même délibérément, dans ces brefs comptes rendus, que l'assassinat avait été motivé par une querelle entre homosexuels — la technique de masquage favorite des organismes de renseignements. Toute maladroite qu'elle fut, elle a sans doute atteint sont but partiellement, car au moment où l'auteur a commencé son enquête en toute honnêteté, ce nom, prononcé même devant les membres de l'extrême-gauche paranoïaque — qui auraient pu tenter de le garder bien en vue, n'eut été qu'en guise d'épine dans le pied de la police et des agences gouvernementales responsables de la sécurité de l'État — ne leur a fait que froncer les sourcils en disant «Villeneuve... Villeneuve... Non, je regrette, ce nom ne me rappelle rien.» Et si je leur rafraîchissais un peu la mémoire par quelques détails, on me répondait, «Ah oui... je me rappelle maintenant... n'était-ce pas l'homosexuel qui a eu son compte à Paris... dans une espèce de querelle avec son amant.» À une réception à Ottawa, à laquelle assistaient quelques journalistes, l'auteur mit le nom sur le tapis. Un journaliste, qui avait «couvert» ce meurtre pour son journal, se rappelait d'une remarque de gauche entendue dans un bar de la rue St-Denis à Montréal. «Villeneuve était en train d'écrire un manifeste, une déclaration révolutionnaire à propos du Front de Libération qui aurait pu renaître de ses cendres, comme Phoenix. Il eut ensuite une discussion orageuse avec un camarade qui prétendait que Villeneuve ne répondait pas aux critères d'admission du Front. Puis, quelques jours plus tard, l'autre gars est revenu et a descendu Villeneuve.» Même le journaliste ne croyait pas à son histoire. De toute façon, il avait tout fait par téléphone, sans contact direct. Il ne savait absolument rien. «Je pense que c'était un meurtre d'homosexuel, du moins c'est ce que la police m'a dit.» En réalité, l'auteur, qui a admis en d'autres temps et en d'autres lieux avoir une obsession pour ce genre d'enquête — qui de toute évidence frôle le voyeurisme malsain — est tombé par hasard sur une référence au meurtre de Villeneuve au moment où il feuilletait un dossier de coupures de presse remontant à cinq ans, en effectuant des recherches à d'autres fins. En toute franchise, ce n'est pas le meurtre de Villeneuve qui a tout d'abord attiré son attention mais un incident secondaire, un détail, qui, après enquête, a dépouillé ce meurtre de sa banalité pour transformer un acte de violence anomyme en une histoire prenante, ancrée aussi profondément dans la mort de Villeneuve que les balles logées dans sa tête.

PARIS — La police fait enquête sur le meurtre apparent, survenu hier, d'un étudiant canadien-français dont l'identité n'a pas encore été dévoilée. Un deuxième Canadien, appréhendé par la police près des lieux du crime, a été identifié comme étant Timothy Stern, 30 ans, photographe indépendant.

Un porte-parole des autorités policières a déclaré que le motif du crime n'avait pas encore été établi et que la victime n'avait pas de casier judiciaire. Selon les sources de renseignements, on savait très peu de choses sur

l'homme assassiné, sauf qu'il était souvent vu
«dans des lieux fréquentés par les homosexuels».

Selon la police de Paris, aucune accusation
n'a été portée contre Monsieur Stern qui subit
actuellement un examen psychiatrique. Il a été
arrêté par la police dans un bistrot à quelques
portes de l'hôtel où logeait la victime, dans
l'arrondissement ouvrier de St-R... Selon
le propriétaire et les clients de l'établissement,
Monsieur Stern semblait «profondément
troublé» et c'est pourquoi ils ont téléphoné à la
police. Peu de temps après, on découvrait
l'homme assassiné dans sa chambre d'hôtel.

À Toronto, les connaissances de Monsieur
Stern ne peuvent expliquer les raisons de sa
présence à Paris. Une amie habitant Montréal,
qui a demandé de ne pas être identifiée, a
déclaré que Monsieur Stern semblait profondément déprimé et incapable de travailler depuis son retour du Viet-nam il y a quelques
mois, où il a travaillé en tant que photographe
de presse pendant deux ans. «C'était un solitaire que tout le monde avait presque perdu
de vue,» a-t-elle déclaré. Il semble qu'il lui ait
dit au moins une fois qu'il avait besoin d'aide
psychiatrique.

C'était tout. Le dossier ne contenait qu'un
autre article de deux paragraphes, faisant suite au
premier. Daté du lendemain, en provenance également de Paris, on rapportait que la police de Paris
avait révélé le nom de l'étudiant assassiné —
Jean-Baptiste Villeneuve — et qu'elle poursuivait

son enquête. Rien de plus. Plus un mot à propos de Stern.

L'auteur se mit à regarder fixement la coupure de presse. Il ne connaît pas Paris de fond en comble, mais assez pour imaginer le minable quartier de St-R . . . et le miteux bar du coin, Le Cavalier d'Or. Un homme blond et svelte est debout au comptoir. Il a l'air malade. Il tremble. Son visage mince et intelligent est couleur de terre. Il demande un double cognac à trois heures de l'après-midi. De toute évidence, il est en état de choc et attire l'attention de trois ou quatre clients, qui épient chacun de ses gestes et le regardent d'un oeil torve. Soudain, l'homme se rend compte qu'il a laissé une trace de sang sur le comptoir en marbre gris-blanc, comme un coup de pinceau d'artiste d'un brun rouge contre le grain pâle de la pierre. Il semble hypnotisé par ce sang, trace de vie humaine, se dit-il, n'ayant pas plus de signification que la bave que laisse un escargot dans son sillage. Il y a du sang aussi à l'intérieur de la manche de sa veste, juste au-dessus du poignet droit. Le temps s'arrête, figé dans un cadre. À ce moment même, il lève la tête et aperçoit la patronne, la femme filiforme, entre deux âges, du propriétaire. Leurs regards se croisent, s'arrêtent en un instant de compréhension et d'incroyable tension psychique. (La communication par le principe du «délire de l'association interprétative» — Breton). Elle le fixe du regard. Ses yeux, remarque-t-il, ont la même texture proprement essuyée que le comptoir de marbre. Il demande où sont les toilettes. D'un geste au réflexe conditionné, elle s'apprête, le chiffon dans la main gauche, à essuyer la traînée de sang qui saute aux yeux, mais une espèce de message intérieur freine son élan. Le chiffon remonte dans les airs et s'agite sans but précis vers l'arrière du bar. Il n'y a pas d'évier dans les toilettes, seulement un urinoir et un trou dans le plancher de tuiles avec deux empreintes de pieds, à la turque. Dans le terne corridor nauséabond, il trouve une porte qui donne sur une cour sale et morne où domine un bâtard qui gronde au bout d'une chaîne. Déséquilibré, comme un aveugle sans sa canne, l'homme tient sa main et son poignet taché de sang devant lui. De l'autre main, il cherche, tâtonne le long de la maçonnerie rugueuse couverte de suie et finit par trouver un robinet d'eau froide ancré dans la paroi. L'eau est glacée et crachote en un filet inefficace. Il est conscient de la présence d'ombres semblables à des poissons dans un aquarium au-dessus de sa tête; c'est la femme flanquée de ses clients soupçonneux qui le regardent attentivement derrière les carreaux embués. La grosse main charnue d'un ouvrier apparaît et essuie délibérément la buée qui s'est formée sur le verre. L'homme essaie d'enlever le sang sur sa manche. Ses doigts frottent le mucus gris et de minuscules fragments d'os acérés, des fragments de cerveau et de crâne. («J'étais très étourdi. Je ne me souviens pas d'avoir touché le corps, mais je suppose que j'ai dû allonger le bras pour lui tourner la tête et voir son visage.») L'homme a la nausée et se précipite dans les toilettes pour vomir dans le trou du plancher.

Quand il revient au bar, deux gendarmes l'attendent. «Vos papiers s'il vous plaît?» lance l'un d'eux. La sempiternelle demande d'identification des hommes en uniforme, partout dans le monde. Gauchement, il fouille de sa main gauche dans la poche intérieure gauche de sa veste — il ne veut pas tacher sa chemise avec son poignet droit — et en sort un passeport canadien. Pendant qu'ils le feuillettent, il leur dit calmement qu'ils vont trouver un homme assassiné à deux portes plus loin, au numéro 18, rue de la Charbonnière, au premier, chambre 7. Un des gendarmes reste avec lui et cause avec la patronne, tandis que l'homme finit son cognac. La traînée de sang est toujours là sur le comptoir, sèche et noire. L'homme blond essaie de ne pas la regarder. L'autre gendarme se rend à la voiture, mais tous les canaux radio sont chargés par les communications sur la circulation. Il revient à l'intérieur et se dirige vers le téléphone. Comme s'ils n'y avaient pas pensé plus tôt, les agents le fouillent pour voir s'il a une arme. Il n'en a pas. Puis, tous les trois attendent, dans la voiture de police, que les détectives des homicides arrivent sur place.

Dans l'atmosphère aseptisée et climatisée de la bibliothèque de références centrale de Toronto, au coin de Yonge et Bloor, l'auteur fait une photocopie de la coupure de journal et essaie de se replonger dans sa recherche, un projet de film commandé par l'Office National du Film dont l'objet est d'étudier le rôle et l'histoire des organismes de renseignements au Canada. Mais l'auteur, qui a commencé sa carrière vingt ans plus tôt comme reporter de dix-huit ans affecté à la ronde de nuit des policiers pour un petit quotidien de l'Ouest canadien, ne peut écarter de sa pensée les radicelles d'interrogation qui s'y implantent. N'y a-t-il là rien d'autre qu'un meurtre peu reluisant, une histoire d'homosexuels? Une vie anonyme aveuglée par une passion innommable, torturée et brièvement déboussolée? Qui était Stern? Il y avait là quelque chose d'étrange à propos du Viet-nam. Comment se faisait-il que personne ne connaisse les motifs de sa présence à Paris? L'expérience de l'auteur lui a appris que le meurtre n'est jamais un acte simple. Les petits journaux ne relatent que l'aspect superficiel des événements. Il sait que dans une histoire de meurtre on retrouve toujours un réseau de rôles qui s'enchevêtrent, joués inconsciemment par des douzaines et parfois même des centaines de personnes. Quand quelqu'un tombe dans le filet, et ensuite dans l'oubli, c'est que certains l'ont voulu ainsi.

Quand l'auteur finit par décider de passer le reste de l'après-midi à trouver des détails sur le meurtre de Villeneuve, il est étonné par son incapacité de retrouver quoi que ce soit sur le sujet. Après une série d'appels téléphoniques aux bureaux de journaux et magazines de Toronto, il en vient à la conclusion que personne ne connaissait bien Stern ou lui connaissait des amis; la plupart avait même de la peine à se souvenir de son nom. Mais ce soir-là, en mangeant au Courtyard de l'Hôtel Windsor Arms, avec son ami l'avocat radical qui avait revêtu un splendide complet trois pièces gris à rayures, il tomba par hasard sur des renseignements concernant les allées et venues possibles de Stern.(«Le moment de la chance subjective» — Breton.). Respectant la règle de la confidence entre un client et son avocat et ne voulant pas faire pression sur son ami, l'auteur s'excusa quelques instants pour faire un appel outre-mer à un collègue de Paris, un journaliste, vieil habitué des appels d'Amérique du Nord à deux heures du matin.

Il s'agissait du premier d'une série d'appels transatlantiques au cours des dix-huit mois qui allaient suivre, de juillet 1977 à janvier 1979, suivis d'envolées vers Paris, Marseille et Alger pour recoller les pièces du puzzle que constituait la vie de Timothy Stern à la recherche de son sosie.

L'auteur tient tout d'abord à expliquer sa présence dans ce livre. On cherche toujours l'explication d'une oeuvre dans l'homme ou dans la femme qui l'a créée, comme si l'auteur nous faisait des confidences par le truchement de l'allégorie plus ou moins transparente de la fiction. L'auteur rejette tout à fait l'idée d'un message du Dieu auteur et soutient que *tout écrit est politique*, que les expressions, les images et les pensées qui forment l'espace multidimensionnel de l'écrit sont déjà toutes faites, tirées d'un vaste lexique d'informations provenant «d'innombrables centres de culture». Le seul élément de contrôle dont dispose l'auteur est la possibilité de mêler à nouveau les images, les idées et les styles, comme des cartes, pour les jouer les uns contre les autres, ou y incorporer les sentiments articulés des personnes que l'auteur rencontre et présenter ainsi l'information à partir d'expériences, à la fois directes et indirectes. C'est cette information réunie — qui peut ressembler à des fragments sans rapport les uns avec les autres mais qui, après avoir été traitée, prend la forme d'un tout soigneusement créé en exclusivité — que l'auteur renvoie au lecteur.

Une affiche aux lettres rouges sur fond noir, que l'on vend dans toutes les quincailleries, est placée dans la fenêtre de la maison de la rue L . . . à Toronto. On y lit *Appartement à louer*. La devanture en briques de la maison est peinte en jaune vif. Contrairement à ses voisins, le propriétaire n'a pas défiguré la façade victorienne par des plaques de la Madone et des portes d'aluminium encadrant des caricatures en fer forgé de St-François d'Assise. La plupart des maisons de la rue témoignent de la fierté du petit propriétaire à son premier achat. Dans un quartier qui a vu défiler des vagues successives d'immigrants qui y sont restés juste assez longtemps pour accumuler du capital et emménager dans des banlieues mieux nanties, aucune de ces colonies de migrants n'a laissé de marque plus évidente de son passage que les Portugais. Les façades de brique rouge de l'époque victorienne ont été couvertes de jaune canari, de bleu méditerranéen ou d'orange vif — aux couleurs de la nostalgie de cieux plus cléments. Des balustrades et des poteaux en fer forgé ont remplacé les colonnes en bois cannelé et les poteaux tournés des porches. Les vérandas en bois ont fait place à des patios en béton coulé. Les parterres devant les maisons sont parsemés de petites grottes aux couleurs vives, élevées en l'honneur de la Vierge.

Un petit homme d'âge mûr, appuyé sur une canne, paraît dans la porte. Un bon sourire garnit son visage rond. Derrière lui, comme un écho descendant l'escalier, la complainte harcelante du fado. Gomes lit lentement la note que l'auteur a demandé à un ami portugais de lui écrire, tenant le papier assez loin pour pouvoir l'adapter à sa vue. Entre ses doigts, il tient méticuleusement le billet de $50. Il a un fort accent et parle l'anglais télégraphique qu'apprennent les ouvriers des chantiers de construction.

— Vous, ami de Stern?
— Oui.
— Vous, pas policier?
— Non, journaliste, *jornalista*.
— O.K., vous entrez. Toutes ses affaires sont en bas.

L'intérieur de la maison est d'une propreté immaculée et l'attention accordée aux petits détails révèle le travail de quelqu'un qui a beaucoup de loisirs. Gomes parvient à descendre péniblement l'escalier conduisant au sous-sol, en posant un pied à la fois sur chaque marche.

Gomes: «Un camion de béton a cassé ma hanche,» il s'excuse en souriant, montrant avec un certain embarras, son pelvis rigide. Le sous-sol est propre mais en désordre. D'un côté, tout ce qui sert à faire du vin à la maison: bouteilles, grandes cuves de plastique, tubes et porte-bouteilles de fabrication domestique d'où dépassent au moins trois ou quatre douzaines de goulots de bouteilles de vin poussiéreuses. Gomes pointe du doigt un des coins du sous-sol. Les quelques effets de Stern sont rangés dans quatre caisses en carton sans rabat. La boîte du dessus leur sert de couvercle. Les quatre boîtes sont proprement ficelées. Légèrement déséquilibré par le mouvement, Gomes tend rapidement un canif usé à longue lame tranchante. Dans la première boîte, quelques menus articles de vêtement: une veste militaire, une veste de combat kaki, des espadrilles, un survêtement d'exercice; un vieux magnétophone Sony contenant une cassette sur laquelle le mot *Cohen* est inscrit à la main, huit autres cassettes de quatre-vingt-dix minutes dont les étiquettes écrites à la main portent le nom d'autres chanteurs populaires et d'orchestres rock de la fin des années soixante: Grateful Dead, Dylan, Joplin, Chicago. Dans les deux autres boîtes, des livres divers, surtout des livres de poche. Quelques livres reliés d'un historien américain peu connu, Bernard Fall: *Hell in a Very Small Place, Two Viet Nams, Street Without Joy, Last Reflection on a War*. Des pages du dernier volume tombe un bout de carte déchiré d'une opération militaire du troisième Bataillon du 7e Régiment des *Marines* en rapport avec une mission de recherche et de destruction à 80 kilomètres à l'ouest de Danang au Viet-nam. Le segment de cette carte couvert de flèches et de figures tracées au crayon montre une section de la Sông Vu Gia, une rivière qui serpente à travers les villages et les rizières. Quelqu'un y a écrit au crayon *ZONE DE TIR À VOLONTÉ.*

Le son discordant du téléphone retentit en haut. Gomes hésite, ne sachant pas s'il doit laisser l'étranger seul. Mais le téléphone n'arrête pas de sonner. Il finit par se décider. Il bougonne et marmonne entre ses dents tout en gravissant péniblement l'escalier.

Dans la dernière boîte, l'auteur trouve deux chemises à carreaux en flanelle épaisse et, endessous, deux grandes enveloppes. Un rapide coup d'oeil révèle à l'auteur que la plus épaisse des deux est remplie de ce qui semble être des photocopies de rapports de services secrets entre 1968 et 1970. La deuxième enveloppe contient des feuilles couvertes d'une écriture fleurie et un certain nombre de photos en blanc et noir de vingt centimètres sur vingt-cinq, des photos prises par Stern au Viet-nam. Étranges photos, en vérité, dont la perfection technique renforce la tension et le silence des images;des mourants, des blessés, des prisonniers, des hommes torturés. L'enveloppe contient aussi d'autres photos, plusieurs paysages urbains. En réalité, ce sont les reflets d'une ville vue par le photographe dans des vitrines, des reflets de la vie observée obliquement à travers du verre teinté. Puis, des photos de femmes, d'une jolie femme souriante et enjouée vêtue d'un lourd manteau d'hiver, en train d'ouvrir une grille en fer forgé . . . derrière elle, une rue enneigée. Puis soudain, les hanches et le dos nus d'une femme agenouillée, prise du point de vue de son amant, dont le pénis veiné est à moitié enfoncé dans l'ombre profonde des organes génitaux de la femme. Sur la peau aux courbes douces de ses hanches, le tracé délicat des ailes d'un papillon prêt à s'envoler. Le tatouage est une oeuvre d'art; les ailes du papillon sont séparées par le pli naturel des fesses. Le long dos de la femme descend en s'estompant. Elle tourne la tête d'un côté, son visage à demi dissimulé sous une masse enchevêtrée de cheveux brillants, le coin d'un sourire, la courbe foncée d'une lèvre faisant contraste avec les dents blanches. C'est l'ébauche du sourire qui rend encore plus sensuelle cette photo érotique.

Gomes redescend l'escalier d'un pas lourd. L'auteur glisse les deux enveloppes brunes dans sa serviette, sans oublier les bandes. «Une seconde, j'arrive», crie-t-il, et il rejoint Gomes en haut de l'escalier.

— J'ai éteint. J'enverrai quelqu'un chercher les boîtes.

— Bon, bon. Monsieur Stern va bien?

— Oui, il va bien.

— Vous voulez louer l'appartement?

— Puis-je y jeter un coup d'oeil?

Deux pièces blanches presque vides, une à l'avant de la maison et l'autre à l'arrière, avec cuisinette et petite salle de bain attenantes. Tout y est propre et nu. Il faudrait un esprit déterminé et créateur pour humaniser un décor aussi austère. Ils passent au balcon arrière. Dans la cour d'à côté, deux enfants rient et chantent en portugais. Derrière eux, dans un enclos entouré d'un treillis, aboie un vieux chien de berger. Son jappement incessant est perçant. Une femme, la mère sans doute, arrive en trombe sur les lieux et, en colère, empoigne l'un des enfants et le traîne à l'intérieur. Elle ne tient pas compte du chien. Son aboiement perçant traverse les nerfs auditifs comme un fil de fer fin. Gomes hausse les épaules.

— Nous, les Portugais, sommes des gens bizarres. Certains pensent qu'il est plus important de faire taire leurs enfants que leurs chiens.

— Pourquoi?

— C'est difficile à expliquer . . . les mots me manquent — quand on est immigrant il est important de contrôler nos enfants.

— Avez-vous des enfants?

— Si j'avais des enfants, je ne louerais pas la moitié de ma maison à des Canadiens.

— Les Canadiens ne sont pas de bons locataires?

Un autre haussement d'épaules.

— Ça dépend.

— Monsieur Stern était un bon locataire?

— Ah! oui, très bon. Un bon gars. Parfois, on prenait un verre de vin ensemble. Je pense qu'il avait des troubles avec la Mafia. Un jour, son auto a fait *poff*! Il disparaît quelques semaines. Un soir il revient. On boit du vin. Il me paye deux mois de loyer et me demande de garder ses boîtes au sous-sol. Ça fait cinq ans. Vous voulez un verre de vin?

— Merci, la prochaine fois.

— D'accord. Je garde les boîtes pour quand vous revenez. Peut-être que vous boirez le vin la prochaine fois.

— Oui, merci. L'auteur glisse un autre $50 dans la main de Gomes.

En longeant le trottoir pour se rendre à sa voiture, l'auteur se demande ce que Stern pouvait bien chercher ici, dans cet étrange quartier aux façades criardes et aux supersticieuses reliques religieuses. C'est un peu comme un exil volontaire dans sa propre ville. Ce choix dénote à quel point Stern était loin de son milieu et de ses racines, à quel point il n'attachait pas d'importance à l'appartenance à une collectivité avec laquelle il pouvait facilement partager les points communs que sont la langue et les coutumes.

Dans la boîte à gants de sa vieille Saab, l'auteur sort le magnétophone qu'il y laisse en permanence et enclenche la première cassette prise dans la caisse en carton de Stern. La voix faible de Leonard Cohen, qui tremble en prononçant les mots magiques de *Suzanne*, remplit inopinément la voiture de tous les souvenirs brûlants des années soixante. L'auteur monte le volume et se fraye un chemin dans la circulation dense de l'après-midi. *Passing Through* est suivi de *The Sisters of Mercy*, puis *The Stranger* ...

En ramassant les jokers qu'il a laissés derrière lui, vous constatez qu'il ne vous a pas laissé grand-chose, pas même le rire.
Comme un donneur, il guettait
la carte si haute qu'il n'aurait jamais
à en donner d'autre ......
Subitement, la musique s'arrête au beau milieu de la chanson. La nostalgie aigre-douce,

l'évocation des affaires laissées en suspens des années soixante s'évaporent lentement à l'intérieur de la vieille Saab, laissant l'auteur emprisonné dans sa propre réverbération. («Ce qui résonne en moi, c'est ce que j'apprends par mon corps; quelque chose d'aigu et de ténu réveille soudain l'organisme qui, jusque là, avait langui dans la connaissance rationnelle d'une situation. Le mot, l'image, la pensée fonctionnent avec la rapidité d'un coup de fouet.» — Barthes) Un homme tousse de façon inquiétante dans un micro... quelques secondes de silence... puis: «Je m'appelle Timothy Stern. Je suis un photographe qui, pour bien des raisons, certaines compliquées et d'autres simples, mais que je ne veux pas exposer maintenant, ne fait plus de photos. Cet après-midi, pendant que je traînais dans un bar de la rue Church en essayant de tuer le temps, ma vie a été menacée par...» C'est alors que l'auteur doit arrêter la bande car son manque de concentration au volant a failli lui faire emboutir un taxi. Il conduit calmement jusque chez lui, conscient de l'épouvantable énergie entropique que dégagent les bandes silencieuses et les rapports non lus que renferme sa serviette... une énergie qui leur est propre, équivalente, se dit-il, par leurs implications, au moins à la demi-vie du Cesium-137 (trente-trois ans).

Tout le monde ment, sauf moi.

Atkinson, un journaliste de Toronto

Stern quitte le poste de police en sachant que ce qu'il attendait vient d'arriver. («Une image est un acte . . .» — Sartre). Il se rend compte aussi que s'il veut jouer les cartes qu'on lui a données, il devra être plus circonspect. («Si les images sont la conscience, elles sont de pures spontanéités» — Sartre). Jouer au poker a toujours été naturel chez lui — dommage, se dit-il, qu'il n'ait jamais appris à bien jouer aux échecs. Il a peut-être encore le temps. Il presse trop le destin, se dit-il. Comment a-t-il pu être aveugle au point de dévoiler aussi rapidement son identité à la stupide bureaucratie? Quelle idée bourgeoise conserve-t-il encore de la police, simplement parce qu'il est dans son propre pays! Partout dans le monde il a vu le petit jeu de la police. Peut-être qu'auparavant il regardait le jeu se dérouler de l'extérieur, comme un voyeur — peut-être était-ce la raison de sa naïveté dans son propre pays? Il ne faut pas essayer de remonter le courant mais laisser la rivière venir à soi. Après tout, il avait un as entre les mains. S'il y avait une véritable confrontation, il révélerait simplement sa véritable identité. Et puis, il dut rire de l'incroyable erreur de l'officier des Services de sécurité. Quelle arrogance, quel sentiment de sécurité ils doivent éprouver pour parler ainsi au téléphone. Qui est cet autre Timothy Stern? Il est intrigué. Chercher à le savoir le distrairait, lui ferait fuir son malaise actuel. Mieux encore. Stern croit qu'on l'invite à explorer l'inconnu, qu'on lui montre l'entrée du labyrinthe et qu'en même temps on lui en donne la clé (sa véritable identité) pour qu'il la conserve dans sa poche et qu'il s'en serve pour retrouver son chemin, quoi qu'il arrive.

Sur ce, Stern, détendu, estime avoir transcendé le dilemme... (Il ne pouvait imaginer la vie compliquée qu'il mènerait bientôt.) Que faire? Stern examina les possibilités. Demander à son ami l'avocat radical de faire ouvrir une enquête officielle? Non, cela ne ferait que pousser les principaux acteurs à se cacher sous le couvert de la bureaucratie. Retenir les services d'un enquêteur privé pour retrouver la trace de cet autre Stern? L'idée lui déplaisait. Les seuls détectives privés auxquels il avait jamais eu affaire étaient des personnages minables, spécialisés dans la fabrication de preuves en vue d'un divorce, ou bien, c'était des briseurs de grève professionnels. Les flics? Il n'avait jamais consacré de temps à établir des contacts avec les officiers de police, sans parler des agents secrets. Peut-être que son ami Atkinson, le journaliste à la télévision...? Une observation, faite au hasard par un ami commun, lui revient à l'esprit. «Atkinson, il connaît le milieu des informateurs de la police comme le fond de sa poche. On se demande parfois pour qui il travaille...» (C'était simplement une insulte gratuite venant d'un homme envieux de ceux qui connaissent les secrets qui hantent les puissants de ce monde? Ou était-ce fondé sur des faits?) Pressé de parler, l'homme avait haussé les épaules et changé de sujet.

Atkinson est un homme grégaire et ventru, au visage rondelet et à la peau amochée, aux dents jaunes crochues mais à la voix surprenante par sa profondeur et sa richesse. Une vraie belle voix. Et il sait s'en servir: pour séduire les femmes, pour établir des rapports avec les politiciens et pour s'attirer la confiance des agents de renseignements. Devant les caméras de télévision, sa voix le sert bien depuis des années; profonde, autoritaire, elle est l'instrument parfait d'une formidable intelligence. En même temps, il ne se fait pas d'illusion sur le média lui-même. (Atkinson à l'auteur: «Quiconque passe plus de deux heures par jour à regarder la télévision est un candidat tout trouvé pour le lavage de cerveau. Maintenant, on utilise un terme à la mode «la modification du comportement.» Les neurologues ont fait des tests qui démontrent que le cerveau de quelqu'un qui regarde la télévision pendant plus de deux heures par jour passe en quelques secondes du rythme critique de l'onde Beta au rythme non-analytique de l'onde Alpha. Bien sûr, l'information est emmagasinée dans les cellules de protéines de la mémoire, chaque réplique idiote d'un télé-roman, chaque passe d'un joueur de hockey hors-jeu à la ligne bleue — toute cette merde est là, mêlée aux informations et aux faits réels, mais pas d'une façon utilisable parce que le cerveau ne traitait pas l'information pendant que vous regardiez. C'est dévastateur, n'est-ce-pas? Et bien, c'est un gagne-pain.»)

Leur amitié remonte à l'époque où Stern débutait comme photographe indépendant. Ils s'étaient connus à l'un des quotidiens de Toronto où Atkinson commençait à se faire un nom en tant que journaliste d'enquête. Dernièrement, Atkinson avait été promu à la direction du réseau de télévision.

Stern retrouve Atkinson au Press Club et essaie de le convaincre de l'accompagner dans un bar plus tranquille, plus privé, en lui disant: «J'ai quelque chose d'intéressant pour toi.». Atkinson, un peu ivre et se trouvant bien où il est, commence par résister. «Je ne suis plus reporter, même pas journaliste. Je suis maintenant bureaucrate, mais j'écris de magnifiques aide-mémoire.» ajoute-t-il, presque avec nostalgie.

Vingt minutes plus tard, bien calés dans des fauteuils du long bar de l'Hôtel Quatre Saisons, ils regardent paresseusement, par les fenêtres, les patineurs évoluer sur la patinoire de Nathan Phillip's Square devant l'hôtel de ville. Stern observe Atkinson qui commande un double scotch à une beauté émaciée, portant une longue robe moulante. Et la phrase entendue revient une fois de plus à son esprit « . . . on se demande parfois pour qui il travaille . . .» Stern hésite. Après tout, sur quoi repose leur amitié? Tout au plus sur de fragiles liens créés par le partage de quelques expériences journalistiques et sur le respect mutuel de la compétence de l'autre. Ah oui! se rappelle Stern, il y a longtemps, il avait couché quelques fois avec la femme d'Atkinson. Ils étaient encore mariés, à l'époque. Elle avait subi de fortes attaques de culpabilité, une performance qui avait ennuyé Stern, tout à fait amoral à propos d'un tel comportement. («Mais c'est terrible, pleurait-elle, l'ami de mon mari.» Stern lui avait alors demandé: «Ce serait mieux si j'étais son ennemi?»). Il se demande maintenant si elle a fait des aveux à Atkinson — ce serait tout à fait dans sa nature. Et bien, si elle l'a fait, Atkinson n'a jamais changé de comportement vis-à-vis de Stern. Même si quelques années ont passé, une chaleur inexplicable et spontanée crée toujours un lien entre eux. Après tout, pourquoi pas? Stern hausse les épaules et raconte son histoire.

Atkinson l'écoute attentivement sans l'interrompre. Quand Stern a terminé, il reste assis calmement, fixant les patineurs du regard. «Je vais te raconter une histoire à propos de Montréal, qui montre pourquoi les anglophones ne comprennent pas le crime et le châtiment au Québec. Il y a quelques mois, un de mes amis, responsable de la sécurité d'une grande entreprise, se rend à Montréal pour savoir pourquoi la compagnie n'arrive pas à faire installer les ascenseurs dans son nouvel édifice à bureaux. Le syndicat auquel appartiennent les installateurs n'est pas en grève, mais mon ami découvre qu'un certain individu de la pègre tient le syndicat à sa merci, et que tout ouvrier qui prend dans sa main une clé anglaise va la recevoir sur la tête. Le voyou veut une forte somme comptant, en paiement d'assurance, avant que les ascenseurs ne soient installés. Mon ami s'adresse à un détective haut placé de Montréal et lui explique la situation. «C'est simple, dit le policier, vous pouver payer ou faire descendre ce salaud.» Mon ami, un peu étonné, répond à peu près qu'il n'a pas l'intention de passer le reste de ses jours en prison. Le policier se met à rire, lui tape sur l'épaule en disant: «Écoutez, vous nous rendriez service. Je vous promets que vous serez notre trois-cent-vingt-septième suspect. Et si jamais on arrive jusqu'à vous, je vous paie le lunch personnellement chez la Mère Martin.»

— Qu'est-il arrivé? demande Stern.

— Je ne sais pas. Je suppose qu'ils ont payé l'assurance. Mais, écoute-moi bien, ajoute Atkinson, tu peux faire deux choses. Pour commencer, tu peux prendre de longues vacances, disparaître, admettons en Amérique latine, pendant cinq ou six mois. Quand tu rentreras, tous les acteurs auront changé et vraisemblablement tu pourras reprendre ta vie comme si rien ne s'était passé. L'autre possibilité? Eh bien . . . Si tu as vraiment à coeur de trouver ce Stern, ton sosie, et bien pars du bon pied. Rends-toi à Montréal, fais comme les journalistes d'enquête, mais ne t'approche pas des détectives privés. Ils sont presque tous incompétents. Ceux qui ont une certaine valeur sont d'ex-policiers et ils obtiennent toutes leurs informations des dossiers de la police, de toute façon.

Ils maintiennent des contacts avec leurs anciens confrères, toujours en service, et leur versent un pourcentage de leurs honoraires en retour de l'information.

— Comment la police obtient-elle son information?

— La plupart du temps par l'écoute électronique. En fait, si l'on fait la comparaison par habitant, nous utilisons sept fois plus l'écoute électronique que les Américains.

— Et...?

— Je vais te dire ce que m'a raconté un gars qui est connu comme étant le meilleur détective des homicides à Montréal. Après vingt ans, il en est venu à la conclusion qu'il existe deux moyens fondamentaux d'obtenir de l'information. Le premier, c'est la force — physique ou psychologique. Le deuxième, c'est l'argent.

— Et toi, Atkinson? Qelqu'un t'a-t-il acheté? Tu sais, tu as la réputation d'être de la partie. D'après les commérages, tu travailles des deux côtés de la clôture.

— C'est simple, Stern. On le fait tous dans une certaine mesure. Et puis, personne n'a réussi à m'offrir mon prix. Avec l'inflation, ça augmente. Mais la raison pour laquelle je suis comme je suis, un journaliste auquel personne ne peut faire confiance — c'est-à-dire manipuler — c'est que je n'ai pas de dettes. Je n'ai pas grandi avec tous ces opportunistes, ces politiciens, ces fonctionnaires, ces avocats qui se battent entre eux et sèment le désordre dans nos vies. Tu vois, je suis le fils d'un missionnaire. Nous sommes peu nombreux, une race à part. Sans racines, parce que nés à l'étranger. Traînés d'un pays à l'autre par nos parents, nous parlons habituellement plusieurs langues, nous avons une certaine propension à la sensualité, intensifiée anormalement par notre éducation répressive; nous avons souffert de vivre dans des milieux bizarres et désassortis. À cause des expériences de notre enfance, nous avons une vision du Tiers-Monde dénuée de tout romantisme. Tout ceci crée un certain scepticisme chez nous, que les autres prennent souvent pour du cynisme. Tu vois, sans ces loyautés et ces amitiés qui remontent à l'enfance, nous, les enfants des missionnaires, nous sommes rendus compte instinctivement que même si nous jouions le jeu, nous n'irions jamais bien loin dans le milieu fermé des affaires et du gouvernement. C'est pourquoi un grand nombre d'entre nous ont opté pour le journalisme, courtisans déloyaux des souteneurs qui nous gouvernent. Mais toi, Stern, ton instabilité te rend dangereux. Je suppose que c'est la raison pour laquelle je me suis toujours intéressé à toi, et c'est pourquoi le Viet-nam semble t'avoir fait perdre ton sens de l'équilibre.

Le ton condescendant d'Atkinson amuse Stern. Voilà bien l'attitude typique du reporter face au photographe. Pendant un instant, il se demande s'il devrait tenter d'exposer à Atkinson ses idées sur l'équilibre, mais il décide que ce serait trop long et que le sujet est bien trop complexe pour en discuter devant un verre. Il se contente de hausser les épaules et garde le silence. (Stern — extrait des bandes: «Les mots n'ont plus autant d'importance pour moi. À un certain point, ils se transforment en rideau opaque à travers lequel je n'arrive pas à voir. Les images me renseignent beaucoup plus.»)

Atkinson commande un autre scotch, Stern décline l'invitation prétextant qu'il doit partir.

— Oui, mais avant de partir, il y a autre chose qui devrait te faire réfléchir. Avant de t'embarquer dans une aventure pareille, tu ne dois pas oublier les rapports qui existent entre les gens. Nous sommes encore un très petit pays qui, jusqu'à l'élection du Premier ministre, était pratiquement dirigé en famille. Ça l'est toujours d'ailleurs, en dépit de tous les comités, des conseillers en matière de politique et des universitaires au cerveau dérangé qui composent les groupes de réflexion au gouvernement. Ils sont probablement une centaine à prendre toutes les décisions, entre bons vieux amis de collège, c'est-à-dire les décisions qui comptent vraiment. Aux Services Secrets dans lesquels tu es en train de t'embarquer, c'est encore pire. Ils sont dirigés par une poignée de fous qui ont une vision bien particulière, paranoïaque de la vie. Ils l'imposent au monde réel, croyant ensuite que la vraie vie est comme ça. Le nom de ces deux officiers dont tu as entendu parler au poste de police, Robinson et Hutton, me dit quelque chose... je sais que c'étaient des durs-à-cuire à la section anti-terroriste de Montréal. Je sais qu'on les a écartés parce qu'ils étaient allés trop loin — et à Montréal, ça veut dire très loin. La moitié du temps ce sont des laquais et l'autre moitié du temps ils travaillent à répondre aux bizarres exigences institutionnelles de l'État. Généralement, leur intervention a pour résultat une série de maladresses qui finissent invariablement par nuire à des tas d'innocents. Crois-moi, ton petit jeu avec l'espionnage t'entraînera tôt ou tard dans un labyrinthe de paranoïa. N'oublie pas que, dans un labyrinthe, on se perd. Et les enlèvements politiques au Québec ont créé une situation dont bien des gens — les politiciens, la police, le gouvernement fédéral, la pègre — vont tenter de profiter. Ça ne se fera pas sans dégâts pour quelques-uns. Suis mon conseil, Stern, ce voyage n'en vaut pas le coup.

Stern, diplomate, face à ces conseils verbeux, ne peut que sourire. «Tu sais, le voyage est parfois plus intéressant que l'arrivée.»

Ils se quittent quelques instants plus tard. Avant le départ de Stern, Atkinson lui donne le nom. Il travaille au bureau du Premier ministre, pourraient t'être utiles, marmonne-t-il. Sois très prudent avec celui-ci, dit Atkinson en pointant le nom. Il travaille au bureau du Premier Ministre, mais c'est un bon gars, un fils de missionnaire — je ne veux pas dire dans le sens littéral du terme mais sur le plan spirituel.». Stern quitte Atkinson qui entame la conversation avec l'aguichante serveuse.

Le lendemain matin, Stern, maussade, regarde la cour recouverte de neige par la fenêtre de sa cuisine, en réfléchissant à sa conversation de la veille avec Atkinson. Devrait-il partir à la recherche de son sosie, de cet autre Stern? Il lui semble déjà évident que la tâche ne sera pas facile. Il devra se rendre à Montréal, se plonger dans toute la scène politico-journalistique, sans parler du Front de Libération. Il n'est pas certain de pouvoir tout avaler, de réussir à exécuter la gymnastique de personnalité essentielle à tout effort pour «aller au fin fond de l'affaire».

(«Vous voulez savoir comment Stern se débrouille pour obtenir du si bon matériel? C'est un lèche-cul. Je l'ai vu à l'oeuvre. Il se glisse dans une opération et devient ce que le commandant souhaite qu'il soit.» — propos de son ami Stone tenus à un groupe dans un bar de Saigon). Stern reconnaît aussi qu'il a commencé à se réintégrer timidement dans la société, qu'il a réussi de peine et de misère à recouvrer la santé mentale. Bientôt, il ne pourra plus nier que sa paralysie ne dépend pas d'un état de véritable stress, mais de l'ennui face à lui-même et à ce qui l'entoure.

Le paysage urbain gris-blanc qu'il entrevoit par sa fenêtre le déprime. Les chiens de ses voisins portugais ont déjà amorcé leurs aboiements rituels. Il songe à la suggestion d'Atkinson... peut-être que quelques mois en Amérique latine ce n'est pas une si mauvaise idée, après tout. Le Chili pourrait être intéressant. C'est l'été, là-bas. Santiago, une ville retirée dont l'ambiance est celle d'une ville d'Europe méridionale négligée. Il a l'avantage de connaître là-bas des Chiliens intelligents, élégants, fiers de l'indépendance et du progrès politique de leur pays, contrairement à la plupart des gouvernements latino-américains dont les mains sont tachées de sang. Il est certain de pouvoir trouver du travail comme photographe auprès d'une des nombreuses institutions que les Nations Unies, tenant compte de la longue stabilité politique au Chili, avaient mises sur pied à Santiago pour servir le reste de l'Amérique latine. Salvador Allende, le premier dirigeant marxiste élu à des élections libres dans l'hémisphère occidental, semble être un personnage intéressant. Mais s'il veut partir pour l'Amérique latine, Stern doit faire vite, car il semble inévitable qu'on s'occupera bientôt d'Allende.

Tout en réfléchissant à ces possibilités, Stern sort sur le balcon arrière pour lancer des boules de neige aux chiens des voisins. Leurs jappements se font encore plus frénétiques. Il entendes voix en colère crier en portugais. Stern sourit.

82

Soudain, il devient merveilleusement espiègle. Il s'accroupit pour fabriquer d'autres boules de neige, pour les lancer par-dessus la clôture. C'est alors qu'il se rend compte que sa vieille Volkswagen grise (achetée d'occasion pour $1 500 un mois plus tôt) n'est plus dans la cour, à l'endroit où il l'a laissée la veille.

Il jette la boule de neige, s'essuie la main sur son pantalon et traverse son appartement pour se diriger vers le téléphone dans la pièce du devant. Il est en train de composer le numéro de la police lorsque, par la fenêtre, il aperçoit sa voiture garée le long du trottoir. Il appuie sur le bouton du récepteur et compose plutôt le numéro d'Atkinson.

— Ils ont déplacé ma voiture.

— Quoi?

— Hier soir, j'ai laissé ma voiture derrière la maison, dans la cour. Maintenant, elle est dans la rue, à mi-chemin entre la maison et le coin de rue suivant. Je la vois d'où je suis. Et ne me demande pas si j'en suis sûr.

— Calme-toi, Stern, quelqu'un essaie simplement de t'impressionner.

— Qu'est-ce que je dois faire? Sortir et la faire démarrer?

— C'est probablement sûr. Je me souviens d'une chose du genre qui m'était arrivée à Montréal il y a quelques années, au moment où nous préparions un reportage sur la pègre. Quand je sortais, ils pénétraient dans mon appartement et déplaçaient des papiers et des dossiers sur mon pupitre, en les faisant tomber sur le plancher par exprès. Tu vois, simplement pour que je sache qu'ils savaient que je savais, et ainsi de suite...

Stern voit la voiture vibrer et sent sous ses pieds la légère vibration de l'explosion. «Deux centièmes de secondes!» murmure-t-il. Une épaisse fumée blanche entoure la voiture et se transforme immédiatement en panache noir huileux bordé de flammes orange. Une charge de thermite à retardement.

— Atkinson, ça va, je n'ai plus à m'en faire à propos du démarrage.

— Stern?

— Oui?

— Si tu ne trouves pas dans la rue un officier saignant comme un veau, tu sauras qu'il ne s'agit pas de la GRC — tu sais, ils ne sont pas des spécialistes en la matière.

Cet après-midi là, Stern s'inscrivait à un hôtel du centre-ville. Non pas qu'il était tellement nerveux. Il savait bien que s'ils avaient voulu le tuer ils ne lui auraient pas mis la puce à l'oreille en commençant par déplacer sa voiture. Mais il n'avait pas l'intention de devenir la proie facile d'un fou anonyme — pas maintenant que la vie commençait à nouveau à être intéressante.

Dans sa chambre d'hôtel, en regardant paresseusement une conférence de presse à la télévision donnée par le Procureur général du Québec, Stern repère Ledman dans un groupe de journalistes. Au début, il n'en est pas certain, mais la caméra fait à nouveau un gros plan du journaliste qui demande au Procureur si le gouvernement va entamer des négociations avec le Front en vue de la libération de Paul LaPalme, le Ministre de la Justice kidnappé. Au moment où la caméra revient une troisième fois sur le journaliste en question, Stern est prêt et . . . clic! . . . il fait trois photos de Ledman à l'arrière-plan, en train de prendre calmement des notes, assis à côté du reporter qui pose les questions.

L'exotisme ouvre toutes les portes.

Julio Cortazar
Manuel pour Manuel

Stern est assis dans le salon bizarre de Ledman. Le long des murs sont alignés des aquariums... pas deux de la même grosseur, tous illuminés. Des poissons tropicaux y vivent dans l'inquiétante demi-obscurité de leur monde à part, des poissons fantastiques de toutes les couleurs et de toutes les formes, qui glissent silencieusement à travers l'exotique jungle sous-marine d'algues plantées dans du sable argenté, ou entre des caissons de coraux. Par-dessus la voix de l'annonceur de la télévision, Stern entend le sinistre bouillonnement du système de filtration qui pompe l'air dans chacun des mini-mondes marins aménagés avec soin. Quant à Ledman, assis dans un fauteuil, il est penché vers le téléviseur coincé entre deux aquariums. Il se concentre intensément pendant que l'annonceur lit le manifeste du Front de Libération dans un français étudié, plat et sans expression.

La diffusion du manifeste à la télévision est une concession faite par le gouvernement fédéral ce jour-là. Cela fait partie des négociations en vue de la libération de Paul LaPalme, le ministre kidnappé par le Front.

Stern est à moitié intéressé. Il n'arrive pas à quitter Ledman des yeux. Il a beaucoup engraissé, d'une trentaine de livres... des poches sous les yeux, un double-menton naissant sous la mâchoire. Ses cheveux foncés, qu'il commence à perdre prématurément grisonnent déjà et poussent plus haut sur son front. L'étrange lueur verdâtre des aquariums et du téléviseur accentue cette image grotesque de décrépitude. (Stern: «Il ressemblait à quelqu'un qui soudainement est passé de la jeunesse à l'âge mûr, sans franchir les étapes intermédiaires.») Stern a de la difficulté à visualiser l'officier de la CIA au visage angélique qu'il a connu a Saigon. Il se rappelle avec quelle énergie Ledman avait mené à bien sa mission contre Tran Ngoc Chau.[1] Stern est étonné non seulement par cette apparente détérioration physique mais aussi par le changement spectaculaire qui s'est opéré dans la personnalité de Ledman. En effet, pour remplacer l'innocence perdue de sa jeunesse, Ledman a, pour des raisons qui lui sont propres, acquis, en plus de quelques kilos, les manies et l'enthousiasme factices d'un politicien

1. Chau, nationaliste et législateur sud-vietnamien, fut victime d'un coup monté par la CIA pour le faire passer pour un communiste lorsqu'il présenta une menace pour Thieu sur le plan politique. Chau fut emprisonné illégalement pendant quatre ans. On rapporte qu'il est toujours en prison, détenu cette fois-ci par les communistes. Voir les pages 15 et 570 de *Decent Interval* par Frank Snepp.

municipal corrompu.

La lecture du manifeste tire à sa fin. L'annonceur demande à nouveau la libération de tous les prisonniers du Front emprisonnés pour des crimes contre l'État. Ledman se penche subitement vers l'appareil pour faire taire la voix. «Cette partie-ci, du moins, est conforme au "plan"», murmure-t-il.Dans le calme, la pièce revêt encore plus l'ambiance d'une caverne sous-marine. Les ombres massives des poissons, agrandies et projetées par l'éclairage des aquariums, se déplacent étrangement au plafond. Au-delà du gargouillis des aquariums, Stern entend le bruit que fait Ledman en fouillant dans ses papiers, suivi du grattement d'une allumette au soufre sur une fermeture-éclair. Une profonde inspiration et, sortant de l'obscurité, Ledman tend une main vers Stern, un "joint" brillant entre les doigts. «Un hommage d'Air Amérique, murmure-t-il tout en retenant son souffle. C'est merveilleux pour les ulcères ».

Des photos et un bref film sur les membres du Front de Libération recherchés par la police passent en silence sur l'écran. Certaines sont des photos de police prises lors d'arrestations précédentes; de face, de profil, avec numéro de fiche; d'autres sont isolées et agrandies à partir de scènes de foules dans des manifestations; des jeunes hommes au regard intense sortant d'une bouche de métro; des jeunes femmes sérieuses aux cheveux longs — une a sous le bras un livre dont on peut lire le titre *Nègres Blanc d'Amérique* de Pierre Vallières. Les photos et le film donnent à toute la scène un air de mélodrame romantique. Stern est touché. («Ils semblaient tous si vulnérables et j'étais frappé par le sentiment d'avoir déjà vu ce film. Les jeunes gens à l'écran semblaient tous voués... au malheur.»)

Ledman fait à peine attention à l'écran. Il s'affaire à nourrir ses poissons. Il prend délicatement de petites pincées de nourriture entre le pouce et l'index et les laisse tomber par les ouvertures pratiquées dans les aquariums. Il recule ensuite et, d'un air presque paternel, regarde ses poissons manger.

— Ledman, est-ce la révolution?

Ledman rétorque d'un ton railleur:

— Non, Stern. Ces enfants ne sont que des pions sur l'échiquier.

— À quand l'échec et mat?

Ledman regarde Stern, dissimulant à peine son envie de rire.

— Je ne savais pas que tu étais un joueur d'échecs. Après toutes ces nuits de fête à Saigon, ces rencontres au hasard en campagne, je me rends compte maintenant que je te connaissais mal. Je suppose que c'est l'illusion de la camaraderie qu'on se fait à la guerre. On partage des expériences sans jamais se connaître à fond. J'admets que je te prenais pour un de ces fous qui errent sur les champs de bataille, simplement pour se faire tuer. Que fais-tu à Montréal et pour qui travailles-tu ces temps-ci?

— Pour personne... je ne fais que passer. Je suis un photographe qui ne semble plus s'intéresser beaucoup à faire de la photo.

94

— Ça m'a tout l'air d'une crise prématurée du démon du midi. Dis donc, mon vieux, tu ne cherches pas de travail?

— Merci, non merci.

— Bravo. Je n'aurai pas à te raconter de blagues.

— D'accord, je vais te dire ce que je cherche... un espion... un gars qui se sert de mon nom et de mon identité.

Stern raconte rapidement à Ledman ce qui s'est passé au restaurant, les menaces, les appels téléphoniques, la destruction de sa voiture, mais ne lui parle pas de son contact avec la police. Ledman semble plus amusé qu'intéressé. «Et bien, je te souhaite la bienvenue dans la ville des espions. Montréal, c'est mieux que Berlin et Vienne, ces temps-ci. Tout le monde est là; si tous les agents secrets se réunissaient, ils formeraient une petite armée. Pour n'en nommer que quelques-uns, il y a bien sûr votre toute dévouée, la Compagnie — la CIA. Nos amis et concurrents le KGB. Les Français sont de la partie avec le SDECE. Et parce que le Front populaire a enlevé un diplomate britannique, le M16 fait des siennes. Les Israéliens sont là avec MOSSAD. SA-VAK pour tenir à l'oeil ses étudiants iraniens, les Sud-Africains avec BOSS, les Argentins du Nord, parce que Kim Il Sun s'est mis dans la tête de mettre sur pied un réseau à Washington et qu'il veut le lancer d'ici. Pourquoi Montréal? Parce que dans les services de renseignements on a une règle: on n'entre jamais en contact avec des agents dans le pays où ils sont à l'oeuvre. Si Washington ou les États-Unis constituent sa zone d'opération, sa cible et qu'un agent veuille rencontrer son officier, il choisit un troisième pays. Pour toutes sortes de raisons, Montréal est la ville la plus utile, à l'extérieur des États-Unis, pour faire ce contact, pour fixer cette rencontre. Laisse-moi te donner un exemple. La politique anti-américaine de de Gaulle visait à nous créer des ennuis partout où il le pouvait, par l'intermédiaire de son vieil ami d'après-guerre, Jacques Foccart, qui dirige le SDECE.[2] Foccart a ses agents à New York et à Washington. De temps à autre, ils traversent la frontière pour rejoindre leurs officiers dont la base se trouve à Montréal.[3] En fait, l'un d'eux est un bon ami à moi. Nous trinquons souvent ensemble. Bien sûr, officiellement, on est censé être à couteaux tirés, mais c'est un vieil Algérien blanc, un pied-noir qui a probablement des liens avec l'OAS.[4] Il n'a jamais trop prisé la politique de de Gaulle. Depuis la mort du vieux sacripan, mon ami m'a raconté que le SDECE n'a pas trop de pain sur la planche. Leur but est actuellement de faire la paix publiquement avec les Américains pour que les Français puissent secrètement nous couper l'herbe sous le pied en Afrique.

Stern:

— À propos de tous ces services de renseignements, tu ne m'as jamais parlé des Services de sécurité de la GRC.

Ledman sourit:

— Ah oui, les hommes à cheval! Et bien, ce sont

2. Service de documentation extérieure et de contre-espionnage.
3. Voir p. 96, Dossier B... Comme Barbouzes, Patrice Chairoff.
4. Organisation algérienne secrète.

des bons gars mais tout le monde les mène par le bout du nez.

Ledman fouille dans une serviette. Stern le regarde bourrer de billets de banque les poches de son énorme veste en velours côtelé. Puis, dans un étui fixé à l'intérieur de sa botte en cuir à la hauteur du mollet, il glisse ce qui ressemble à un 9 mm automatique. Sur l'écran silencieux du téléviseur, les images de violence romantique ont été remplacées par des images de violence professionnelle; les Canadiens rencontrent les Flyers de Philadelphie sur la glace.

— Tu vois, Stern? La Compagnie n'a pas à se préoccuper d'une véritable révolution dans ce pays aussi longtemps qu'on n'aura pas trouvé le moyen d'empêcher les gens d'ici de regarder le hockey. Tu sais, ce n'est pas vraiment un pays, c'est plutôt une gigantesque patinoire. J'ai une théorie personnelle là-dessus. Si le tsar Nicolas avait eu assez d'intuition pour importer le hockey en 1917, il n'y aurait jamais eu de révolution en Russie.

Je dois aller faire ma ronde. C'est dur d'être aux renseignements. Je me demande parfois si je suis le Père Noël ou un maître chanteur. Une drôle de combinaison, n'est-ce-pas? Mais, assez bavardé — je vais voir ce que je peux apprendre sur l'autre Stern. S'il est passé par ici, c'était avant moi.

— Quelle est ta couverture ces temps-ci, Ledman? Tu travailles toujours à l'Ambassade?

— Je suis correspondant indépendant pour *Time*, voilà comment tu m'as retrouvé? Si seulement les gens ordinaires se rendaient compte à quel point ce qu'on appelle des couvertures sont des moyens de fortune.

— Oui, mais personne ne s'y est laissé prendre au Viet-nam.

— Je suppose que non. Dis donc, Stern, pourquoi ne quittes-tu pas l'hôtel? L'appartement d'une bonne amie à moi est libre pour quelques semaines au dernier étage. Tu peux arroser les plantes, nourrir le chat et nous donner un coup de main, à Varley et à moi. Ah oui! Varley? C'est notre «travailleuse sociale» résidente. Elle a un appartement au deuxième. Viens, je vais te la présenter.

— Tu n'as pas répondu à ma question à propos de l'échec et mat.

Ledman s'arrête dans la porte, son visage subitement exposé à une lumière crue révélatrice. Il a l'air terriblement las pour un si jeune homme et, pendant un instant, Stern perçoit une personnalité complexe derrière le personnage du clown.

— Je ne sais pas comment ça finira, Stern, dit-il d'une voix rauque et basse. Je peux te raconter ce qui se passe entre le début et la fin de la partie... nous sommes en train de mettre les pions en place.

C'est curieux de décrire Ledman, tel qu'il était en cet hiver de 1970-71, quand Stern le retrouva à Montréal. Au moment où l'auteur rejoignit Ledman, cinq ans plus tard, il avait énormément changé. Physiquement, il était émacié; psychologiquement, il était paranoïaque. Habitant Paris, dans la quasi-clandestinité, affairé à rédiger un livre sur son ancien employeur, la CIA, cet homme avait, de toute évidence, traversé une violente crise de réflexion. Un point intéressant à noter, c'est que Ledman ne ressemblait pas aux habituelles recrues de la CIA des collèges aristocrates de la Nouvelle-Angleterre. Il était diplômé de l'Université du Wisconsin à Madison, dans le middle west, où la CIA se mit à embaucher lorsqu'elle se rendit compte, au cours des années soixante, qu'il lui fallait assurer un meilleur équilibre au sein de l'agence et attirer des cadres aux ambitions plus limitées. Vers 1965, la CIA commençait déjà à prendre des précautions avec les élitistes de la classe supérieure, qui, pour la plupart, avaient été recrutés dans les collèges de l'Est.

(Ledman: «Ces aristocrates de l'Est étaient conscients de leur rang. Ils avaient l'ambition d'être promus rapidement et toléraient mal la présence de collègues pas très brillants qui avaient plus d'ancienneté qu'eux. Ils n'aimaient pas non plus faire de longs séjours dans les avant-postes isolés de l'empire de la CIA en Afrique, en Asie et en Amérique latine. — C'est pourquoi la Compagnie a opté pour des gars comme moi.») Ledman n'était pas moins intelligent, mais moins exigeant. En un mot, il était zélé. (Stern: «À cette époque, il était le stéréotype même de l'agent de la CIA au Viet-nam.») Les universités étant ce qu'elles sont, les années qu'il y avait passées l'avaient aguerri, l'avaient entraîné à éviter l'ambivalence de la pensée réfléchie et à rejeter le stress des conséquences morales de ses actes. Il était donc prêt à adopter d'emblée une éthique professionnelle qui, en théorie, lui permettrait de passer des années au Viet-nam sans jamais douter du bien-fondé de la prise de position morale de son pays, ni de sa politique relative à la guerre. Ce que Stern savait c'est que Ledman s'était dit préoccupé par l'urgence de la réforme du système, au moment de l'offensive du Tet, alors que les éléments Viet-cong avaient pénétré dans l'ambassade américaine à Saigon. Mais au moment où Ledman s'entretint avec l'auteur à Paris, à l'été de 1978, c'était un homme changé, qui fit des observations intéressantes sur le caractère de Stern: «Tout d'abord, je me suis dit

100

que c'était le type même de l'éternel inno-cent... non, pas tout à fait. Personne ne pouvait avoir passé deux ans au Viet-nam et en ressortir ingénu. Il était innocent en ce sens qu'il s'était retrouvé subitement parmi des gens qui utilisaient et manipulaient les renseignements secrets comme si ça faisait partie de la vie quotidienne. Puis, je me suis mis à le considérer comme un personnage de Kafka, qui essaie sans cesse de trouver une raison à tout, quand, évidemment il n'y en a pas. Pourtant, il était difficile de saisir son personnage, c'est-à-dire de le saisir de l'inté-rieur. Il surgissait soudain devant vous et on ne pouvait en percevoir que le profil extérieur: un bon gars tranquille, doté du sens de l'humour et qui savait écouter. Il avait toutes les qualités qu'il est si facile d'observer de l'extérieur et qui, lorsqu'on en fait l'addition, sont censées nous permettre de définir une personnalité. Mais pour répondre à votre question, c'est-à-dire pourquoi j'ai com-mencé à lui faire confiance. Et bien, nous avions vécu beaucoup d'expériences communes au Viet-nam, non pas qu'on était des amis intimes. Mais quelques fois, les circonstances nous ont réunis dans des situations horrifiantes — il n'y a pas d'autres mots pour les décrire — au cours des-quelles nous nous soutenions mutuellement. C'est la sorte de connaissance d'un homme qui crée des liens particuliers — un accord tacite qui fait qu'on ne se raconte jamais de blagues, qu'on s'en tient à l'essentiel.

Quand je l'ai revu à Montréal, j'étais déjà un agent secret qui ne croyait plus beaucoup aux secrets; je n'avais pas encore changé mon fusil d'épaule, mais je n'y croyais plus. J'en savais trop long sur la façon dont fonctionne notre société pour continuer à pouvoir être utile à une institution comme la CIA. Je commençais à comprendre que les secrets pour lesquels nous manipulions tant de vies humaines et pour la protection desquels nous dépensions tant de millions de dollars finiraient par faire la manchette des journaux l'année suivante. La lutte contre le communisme? Ne me faites pas rire. C'est la colle qui permet à certains politiciens de rester au pouvoir. Depuis les années soixante, le monde communiste est en crise et il est clair que les nations communistes auront plus de problèmes à régler entre elles qu'elles n'en auront jamais avec le capitalisme. Comprenez-moi bien, ce n'était pas comme si je m'étais converti à une nouvelle idéologie politique, je ne suis pas comme certains de mes collègues qui sont devenus marxistes ou sont passés dans l'autre camp, par réaction excessive à leur culpabilité. Non, ma désillusion est beaucoup plus simple. J'en suis venu à la conclusion que la Compagnie, comme presque tous les services de renseignements que j'ai connus, ne fait que mêler les cartes et finit par empirer la situation chaque fois qu'elle intervient. Finalement, tout ce qu'elle arrive à faire c'est de rendre la vie difficile pour tout le monde — pas simplement ceux qui sont de l'autre côté, et tous les autres pris entre les deux, mais aussi pour nous-mêmes.

Je dois enfin admettre que j'ai été fasciné par la façon dont Stern utilisait les renseignements. Je savais qu'il ne les transmettrait pas aux médias. Il avait dépassé ce stade. Il en était maintenant à une étape critique, vous savez? Oui, critique en ce sens qu'il était en chute libre. Il ne jouait plus le rôle qu'on attendait de lui, celui de correspondant de guerre, de photographe à la une et tout le bla-blabla. Il s'était rendu compte que le journalisme, surtout le journalisme photographique, engendre de violentes et terribles tensions qui vous prennent aux tripes. Entre les mains des rédacteurs de revues, les photos se transforment en un levier de perception manipulé. Bien sûr, la plupart des gens ne peuvent faire face à la vérité de ces comptes rendus photographiques. Devant l'illustration lumineuse des méandres de l'esprit, la sensibilité bourgeoise se rétracte, hausse les épaules et tourne le dos. Mais transposez la réalité en l'affublant d'un qualificatif à la mode et présentez-la comme un élément du statut social ou de la culture, et tout le monde se bat pour l'acheter.

En un sens, Stern était à la recherche de sa propre identité. À mon avis, il était très sérieux dans cette recherche et je ne pouvais lui barrer la route en ne lui disant pas la vérité sur ce qui se passait. Je pense que c'est aussi la raison pour laquelle Varley s'est amourachée de lui.

Ce n'est qu'après coup que j'ai compris pourquoi elle s'était mise à lui remettre tous ces documents et ces rapports. Elle avait pris beaucoup d'avance sur nous tous. On la protégeait. Dieu qu'on la protégeait! Je suppose que ça ne fait plus beaucoup de différence maintenant, sauf pour ce qui est arrivé à Stern. Oui, bien sûr, ça fait une différence. On peut qualifier son sort de tragique, mais je pense que Varley a une grande part de responsabilité dans tout ça. Vous savez, ce n'était pas une simple dactylo.»

Sur une cassette, Stern raconte comment il fit la connaissance de Varley: «Ledman frappa nerveusement à la porte qui s'ouvrit presque aussitôt. Une femme aux grands yeux foncés et brillants me fixa du regard. Elle semblait étonnée, prise au dépourvu. J'aurais juré qu'elle avait fait un demi-pas dans ma direction. J'eus ensuite l'impression, un instant plus tard, que ses mains retombaient le long de son corps. Mais je n'en suis pas certain car j'étais figé sur place par ses yeux qui ne quittaient pas mon visage. L'intensité de ce premier instant fut extrêmement profonde.» Ledman, laconique et amusé, hors scène en cet instant de flottement érotique, fit les présentations. («Je pense qu'ils ne m'ont même pas entendu.») Varley sourit chaleureusement et, sans quitter Stern des yeux, les invita à entrer. Mais Ledman, conscient qu'il était déjà de trop, suggéra à Varley de faire visiter l'appartement d'en haut à Stern. «Je dois partir, la violence québécoise commence à huit heures trente ce soir.» Et le voilà parti, dévalant l'escalier quatre à quatre. «Essaie de me joindre demain matin, Stern, crie-t-il du bas de l'escalier, la révolution ne commence jamais avant midi.» La maison vibra au moment où il claqua la porte principale derrière lui.

Stern ne vit jamais l'appartement du troisième, du moins pas ce soir-là. Même après que la porte principale se fut bruyamment refermée derrière Ledman, Varley resta là, debout, à regarder Stern pendant de longs moments.

— Quelque chose ne va pas? Je peux revenir demain.

— Non, répondit-elle dans un éclat de rire, suivi d'un irrésistible sourire. J'essaie tout simplement de me souvenir de l'endroit où l'on s'est déjà vu. Entrez, je viens justement de préparer du thé.

Le téléphone sonne. Elle répond dans un français à l'accent québécois beaucoup trop rapide pour que Stern puisse suivre la conversation. Tout en parlant, Varley continue de regarder Stern droit dans les yeux. («Elle m'envoyait des messages dans lesquels on sentait l'urgence et une grande expectative. Sa conversation téléphonique terminée, peut-être trois ou quatre minutes plus tard, la tension sensuelle était déjà forte entre nous.») Ils s'expriment avec difficulté, en de courtes phrases énigmatiques, non parce qu'ils sont mal à l'aise mais seulement pour dissimuler l'enrouement de leur voix, l'oppression de leur poitrine. Elle lui tend du thé, sans lait ni sucre.

— Comment savais-tu que je le buvais ainsi?

— J'ai deviné.

Il reste assis seul sur le divan tandis qu'elle se laisse tomber dans un énorme fauteuil en face de lui, repliant les jambes sous elle, jouant doucement d'une main avec le bord effiloché de sa longue robe mexicaine. La masse d'air qui les sépare est alourdie par des questions sans réponse à travers lesquelles filtrent des fragments de leur conversation à bâtons rompus. Elle lui raconte qu'elle est secrétaire au Consulat des États-Unis. Ce n'est pas grand-chose, mais elle aime beaucoup le Québec. Elle a étudié à l'Université de Montréal et a été affectée à Paris et Alger à des postes de langue française. Mais elle préfère vraiment Montréal. Stern répond en lui donnant des bribes d'informations sur lui-même.

Ni l'un ni l'autre ne réagit beaucoup ou ne semble intéressé par ce qui se dit. (Stern: «J'avais l'impression que nous étions en train d'étouffer sous la simple pression d'une écrasante prise de conscience physique réciproque.») Elle éteint la lampe aux doux reflets dans le coin, près du fauteuil. La pièce n'est plus éclairée que par les lampadaires de la rue. La lumière blanche qui reflète sur la neige trace en reliefs aux motifs gris les plantes suspendues à la fenêtre. Les coins et le plafond de la pièce semblent voilés d'ombres bleu nuit et violettes. Les silences se font plus longs, remplis par la musique de Julien/Dylan/Leclerc émanant de la lueur verte de la chaîne stéréo. Varley, «comme si elle se déplaçait dans un film», disparaît dans une autre pièce pendant quelques instants et réapparaît tranquillement pour remplir la tasse de Stern. Puis, elle avance sa main fraîche, mue par une force intérieure, et lui effleure la nuque. La joue de Stern frôle brièvement le tissu rude qui recouvre la cuisse de Varley. La chaleur et le parfum qui s'en dégagent le pénètrent comme des vapeurs érotiques. Et la voilà repartie à l'autre bout de la pièce, vers son énorme fauteuil. Au moment même où elle va s'asseoir, il se retrouve, agenouillé devant elle, en train de remonter le tissu mexicain sur ses genoux, ses cuisses, ses hanches. Le goût de la chair, et Varley qui geint avant même qu'il ne l'effleure de sa langue: mais elle contrôle, dirige. (Stern: «J'étais un acteur, jouant le rôle pour lequel j'avais passé l'audition... et même la première fois, je n'ai raté aucune réplique. Pour elle... c'était comme si nous étions amants depuis longtemps.») La hâte et la confiance avec lesquelles elle tend les bras pour le toucher sont celles d'une femme qui le connaît déjà intimement. «Laisse-moi faire», dit-elle, pressante. Une de ses mains blanches glisse sous lui et l'autre l'entoure. Elle le découvre doucement, sa langue chaude ondule, ses lèvres le frottent doucement et sa salive enrobe sa peau obsidienne. Elle se retourne, s'agenouille dans le large fauteuil, lui offrant ses hanches, tendant les mains entre ses cuisses, pour le tirer gentiment et lentement dans une délicieuse chaleur, tout en gémissant faiblement. Elle cherche sa main pour l'amener à son visage dissimulé sous une épaisse chevelure. Elle lui lèche le pouce et le guide sans hésiter vers l'endroit où elle le veut. Varley crie et gémit à un tel point que Stern est soulagé de sa-

108

voir qu'ils sont seuls dans la maison. Varley s'écrie: «Que... m'a manqué!». Stern a raté un mot étouffé par un gémissement de plaisir. Il n'est pas certain d'avoir entendu *tu* ou *ça*. Il croit avoir entendu: «Mon Dieu que tu m'as manqué!». Ces mots le font frissonner de la tête aux pieds.

Pris par d'autres émotions, Stern prend conscience que ce qu'il avait pris, tout à l'heure, pour l'ombre des plantes dans la fenêtre jouant sur la peau blanche de Varley, est en réalité un délicat papillon génialement tatoué pour que ses ailes émergent et flottent doucement au rythme des fesses qui ondulent.

Puis, l'espace d'un éclair, le déclic de la caméra intérieure de Stern se produit. Le courant électrique commute dans la zone de son cerveau qui raccorde l'image à l'expérience. Jetant un coup d'oeil sur le paysage urbain enneigé de Montréal, dans des tons surréalistes de noir sur blanc, il voit passer sous un lampadaire un policier à cheval, assis bien droit. Son insigne rouge brille un instant sur son casque de fourrure noire. Sa cape d'hiver foncée est drapée sur le dos du cheval, son corps bercé par la bête. Stern, debout, bien campé sur ses jambes, profondément ancré au corps de Varley, se berce au même rythme que le cavalier sur son cheval. Il se sent transporté par une énergie animale qui n'est pas la sienne, comme un cavalier chevauchant à travers un paysage de l'esprit, aussi sombre, mystérieux et étranger qu'une rue inconnue.

Le lendemain matin, elle est partie, laissant à Stern la clé de l'appartement du troisième et un poème, copié dans une étrange écriture: petite, serrée et rapide, aux fioritures rococo. De minuscules cercles forment les points.

Je te vois, fugitif, trébuchant dans la prairie
les poumons noués par la soif
cloué au sol par le soleil
pourchassé par tous ceux qui pourchassent
de leurs pinces et dards empoisonnés.
Dois-je t'aider?
Dois-je créer pour toi un mirage?
Ma main droite déroule des rivières
autour de toi, ma main gauche libère les arbres
Je parle de pluie.
Je t'invente une nuit dans laquelle tu te caches.
Tu as maintenant un ennemi
Avant tu en avais plusieurs.

Elle avait ajouté une note: «Comme la plupart des Canadiens je suis certaine que tu ne connais pas tes propres écrivains, en véritable impérialiste américaine, je t'offre un petit cadeau qui te revient — les mots de Margaret Atwood. Téléphone-moi à midi à ce numéro... Varley.».

La nymphe s'unit avec le Dieu Poséidon. «Transforme-moi» dit-elle, «en un guerrier invulnérable, car je suis lasse d'être une femme.»

Robert Grants
Les mythes grecs

Le soleil baigne la chambre de Varley de lumière dorée par ce dimanche après-midi. Épuisés momentanément, ils flottent ensemble sur le lit. Satisfaite, enjouée et rêveuse, elle s'exclame sur la blancheur de la peau de Stern et la compare à son propre teint verdâtre. Fascinée, elle tire les courtes boucles blondes de son corps du bout des doigts. «Je n'ai vu ça que deux fois dans ma vie,» dit-elle, «tous les autres sont noirs, comme moi.». Allongée à côté de Stern, elle lui demande de lever une jambe: «Pointe tes orteils au plafond.». Elle lève ensuite la sienne et se moque des longs muscles sinueux de Stern en les comparant aux courbes plus gracieuses de sa jambe à elle. «Devinez, Monsieur, laquelle est la prothèse,» lance-t-elle. En bas, un claquement de porte suivi de pas dans l'escalier, puis d'un autre claquement.

— Une sortie à la Ledman! dit-elle en faisant un geste évasif de la main. Il faut admettre que pour un espion il est très bruyant.

— Quelle vie étrange.

— Celle des espions?

— Oui.

— Pas vraiment, dit-elle. Je pense que ça cadre généralement bien avec la façon dont les hommes veulent vivre leur vie.

Stern éclate de rire.

— Les hommes n'analysent pas leur propre vie, mais les rôles qu'ils y jouent. Certains les ont choisis, d'autres pas.

— Peut-être, répond Varley, mais je pense que ta perception d'observateur est déformée par ton métier de photographe.

— Tu veux toucher ma bosse?

Varley feint de ne pas voir l'épaule que lui tend Stern.

— La contradiction dans ton travail, c'est que même si tu es très sensible au monde intérieur de quelqu'un, ta photo ne peut que représenter ses gestes extériorisés. Et pour agir, l'être humain doit toujours choisir un rôle. Puis, mon argument est beaucoup plus politique que psychologique. Selon moi, les hommes considèrent la vie comme une série de distractions. Ils peuvent la voir de l'extérieur, comme si elle suivait une trajectoire indépendante d'eux-mêmes pour atteindre un objectif dont on leur a laissé croire à l'importance.

— Et les femmes? demande Stern.

— Les femmes sont beaucoup mieux situées à l'intérieur de leur propre vie. Il le faut. Elles n'ont pas le pouvoir de manipuler le monde qui les entoure, comme le font les hommes.

Stern éprouve de la difficulté à considérer comme une trajectoire les années durant lesquelles il a commis un faux pas après l'autre et vainement tenté de trouver un sens et un but à sa vie.

— Pourquoi, demande-t-il, quelqu'un voudrait-il être emprisonné à l'intérieur de sa propre vie?

— Les Québécois ont une expression toute faite pour toi, Stern: tu ne te sens pas bien dans ta peau. Dans un sens littéral, ça veut bien dire ce que ça dit, mais dans un sens plus large, il ne s'agit pas d'un choix. Même que le choix laissé à l'homme ne semble pas tellement attirant non plus. Regarde comment Ledman tente misérablement de jongler avec tous les rôles qu'il joue. Le stress qu'il subit est terriblement apparent.

— Je me demande qui a été le tout premier espion.

Varley, d'une voix profonde et sur un ton théâtral, lance: «Ulysse, s'infiltrant derrière les lignes des Troyens avec son vaillant compagnon Diomède.».Elle se lève sur le lit, s'enveloppe d'un drap comme d'une toge et déclame avec bravade, moqueuse, dans un élan de rhétorique fleurie: «Mes amis, existe-t-il un homme assez courageux pour aller jusque chez l'ennemi? Il pourrait épier quelques traînards ou surprendre quelques commérages pour connaître les pensées de l'ennemi. Il pourrait tout apprendre et revenir sain et sauf. On lui en saurait gré, on ne tarirait plus d'éloges à son endroit et il serait dignement récompensé.».

Stern applaudit et Varley retombe sur le lit en riant. «Je jouais Nestor ''le sage prince grec de Pylos'' dans un collège de jeunes filles. Ah, cet Ulysse! Je me suis toujours demandé pour qui il travaillait en réalité. Je pense qu'il est l'ancêtre des espions, le premier agent des dieux. À chacune de ses missions, il jouait à l'agent double, même à l'agent triple, trahissant ses compagnons et ses amis, Philoctète puis Achille, accomplissant toujours *sa* mission par pur sadisme. Personne ne s'est jamais demandé pourquoi il avait été le seul à revenir vivant à Ithaque. Il était sûrement très efficace. Il a même machiné les opérations qui ont donné naissance au cheval de Troie. Et cette histoire de faire semblant que la flotte grecque battait en retraite, c'était une technique de masquage extrêmement brillante. Il n'y a ni invention ni combine que cet homme ne connaissait pas. C'est ce que disait Hélène au Roi Priam de Troie, en pointant Ulysse du doigt, au moment où les Grecs se préparaient à l'attaque. C'était sûrement l'agent 007 de son époque.»

— Dis-moi, pour être sténo-dactylo au Consulat des États-Unis, faut-il avoir fait des études classiques?

— Mon prochain amant sera commis aux parcs municipaux. Il ne posera jamais de questions.

— Tu es donc plus qu'une simple secrétaire?

— Oui, pas beaucoup plus, mais un tout petit peu. (Ledman: «Varley était l'adjointe aux opérations du poste de la CIA mis sur pied au Consulat de Montréal.»)

— Travailles-tu pour Ledman?

— Pas directement.

— Ledman est-il un bon agent? Varley sourit en haussant les épaules. Pourquoi a-t-il l'air si mal en point, vieilli prématurément?

— Ledman a un problème. C'est un agent qui a une conscience.

— C'est une simple contradiction.

— Chez Ledman, c'est plus que cela. Il a été abruti par une opération terroriste à laquelle on l'avait affecté au Viet-nam, l'opération Phoenix. Je suis certaine que tu liras quelque chose là-dessus un jour. Enfin, il a traversé une sorte de crise, une dépression nerveuse. C'est ce qu'ils ont dit, je pense. C'est pourqoi ils l'ont expédié ici, au Québec, en se disant que ce serait un bon endroit tranquille pour le laisser pourrir pendant le reste de sa carrière. Puis, le Front de Libération s'est lancé dans ses enlèvements politiques et, une fois de plus, il est pris dans le feu de l'action.

— Pourquoi est-ce qu'il n'en sort pas et qu'il ne demande pas une autre affectation?

— Ce n'est pas si simple. La Compagnie a du pain sur la planche, ces temps-ci. Des événements plus importants se passent en Asie du Sud-Est. Il y a des révolutions marxistes au Chili, en Argentine et en Uruguay. L'Afrique doit être contrôlée ainsi que les Caraïbes, sans oublier le Moyen-Orient. Du travail, toujours du travail. Tu vois qu'on n'a pas beaucoup le temps de s'atten-drir sur les blessures psychiques des fantassins de la CIA. Et puis, craquer au travail n'est pas consi-déré comme digne d'un homme et ça ne cadre pas dans le tableau de masculinité de la Compagnie. C'est comme si on avait découvert qu'il était ho-mosexuel. C'est drôle, parce qu'il faut en quelque sorte être estropié sur le plan psychologique ou émotif pour devenir agent secret. Et... Ledman est traité comme un lépreux. C'est la raison pour laquelle on l'a lancé dans le feu de l'action ici, sans compter le manque d'effectifs et la confiance qu'a la Compagnie de tenir la situation bien en main au Québec. Je suis certaine qu'ils lui ont dit: «C'est l'occasion pour toi de recommencer à zéro, en quelque sorte.» Voilà comment agirait un chef de poste. Comme tu vois, ce pauvre Ledman n'a pas beaucoup d'amis, et encore moins de protection.

— Et toi... tu es bien protégée?

— Oui, je m'en tire assez bien, répond-elle en faisant une grimace désabusée, comme seule la fille du vice-président de la Compagnie peut en faire. (Ledman: «Son père était sous-directeur départemental de la division européenne de la CIA.»)

Un silence réfléchi les sépare. Stern se sent incapable de ratrapper ses pensées et ne sait trop comment poursuivre la conversation. Dans la chaleur de la chambre surchauffée, («C'est bien pour jouer. La nuit, j'ouvre la fenêtre,» avait dit Varley) son corps est envahi par la voluptueuse lassitude qu'on ressent après l'amour. La maison de la rue M... est a flanc de montagne. Stern, étendu sur le lit, aperçoit le coeur de la ville encadré par la fenêtre sans rideaux. La lumière crue du soleil se reflète sur les toits chargés de neige, miroite dans les fenêtres et contre les parois de verre des immeubles à bureaux du centre-ville. D'innombrables cheminées, des panaches de fumée blanche, montent tout droit dans l'air de ce jour sans vent où il fait moins zéro. Au-delà des gratte-ciel à bureaux, Stern aperçoit l'Île Ste-Hélène, le Saint-Laurent et, plus loin, le contour bleu flou de la Rive Sud. Comme il est étrange de penser qu'une demi-douzaine de corps policiers se font concurrence pour retourner Montréal à l'envers, à la recherche des otages du Front de Libération. Ledman aussi est quelque part par là. Stern se demande jusqu'à quel point il joue le jeu et dans quel but.

Stern, dont la sensibilité visuelle est extrêmement aigüe, se retourne vers Varley. Elle s'est installée sur des oreillers contre la tête du lit, détendue, inconsciente de sa nudité et tout à fait confiante dans la beauté de son corps. *Clic!* Stern, le photographe, est touché par la sensualité visuelle du moment. Il lui demande s'il peut aller chercher sa caméra dans l'autre pièce. «Non, bien sûr que non», dit-elle. Il fait trois ou quatre photos et dépose ensuite sa caméra. Ils restent allongés aux deux bouts du lit, échangeant des regards et des sourires. («Elle ne m'est jamais apparue vulnérable» dit Stern.) Ses yeux foncés ne bronchent pas — elle lui donne doucement une carte, à l'envers.

— Tu veux que Ledman t'aide à trouver quelque chose, n'est-ce-pas?

Il réfléchit. L'admettre causerait peut-être des problèmes à Ledman. Le nier serait aller à l'encontre de son but. Il joue le jeu.

— Oui.

Elle a un petit rire et se rapproche de lui. Sa main remonte délicatement le long de la cuisse de Stern.

— C'est bien que tu ne m'aies pas menti. Je sais que Ledman a fait d'étranges demandes de dossiers. Tu as passé le test.

— Je pensais l'avoir passé la première nuit.

— C'est vrai mon grand et bel ami, et je suis sur le point de te mettre à nouveau à l'épreuve.

Les cheveux de Varley flottent sur la poitrine de Stern, sa bouche glisse en doux baisers secs. Stern tend les bras et retient gentiment Varley par les cheveux. Elle se retourne et le regarde, une joue contre la poitrine de Stern. Sur son visage, une expression de calme interrogation.

— La première fois qu'on a fait l'amour, lui dit Stern, tu as crié quelque chose qui ressemblait à «. . . comme tu m'as manqué!» Que voulais-tu dire?

Varley hausse les épaules et sourit à sa façon. «Tu ne peux tenir une femme responsable de ce qu'elle dit dans le feu de l'action.» Elle reprend son exploration, et tout recommence entre eux. (Stern, extrait des cassettes: «Quand nous faisons l'amour, elle crée toujours ce sentiment inattendu d'urgence qui rend tout très intense, si intense que j'ai la sensation qu'une autre partie de moi-même est là, assistant à ce que nous faisons. Elle doit le sentir aussi car, très rapidement elle me force à rentrer dans son cercle d'émotions. Une fois, elle m'a subitement mordu à l'épaule jusqu'au sang. Quand j'ai crié, elle a dit: «C'est ça, je veux t'entendre gémir. Je ne te laisserai pas me faire l'amour en silence, avec détachement.») Les images, les formes sexuelles qui émergent des éclats d'une pensée fragmentée sur les enregistrements de Stern ont pris, aux yeux de l'auteur, la forme d'un palimpseste magnétique. Les paroles masquent à peine les émotions et l'on discerne vaguement des faits ambigus derrière l'information de surface. Ces secrets sont fascinants car les bandes sont véritablement le récit personnel d'un homme absorbé seulement par ce qui lui arrive et qui n'a conscience que parallèlement de l'histoire sociale et politique qui se déroule autour de lui. Pour mieux cerner la réalité, l'auteur a dû s'en remettre aux documents transmis par Varley à Stern et à ses interviews de Ledman à Paris, espérant ainsi canaliser ses diverses sources d'informations en un flot multicolore, riche de renseignements.

Ledman dit à propos de son travail: «Je dois tout d'abord vous expliquer qu'en tant qu'officier de la CIA je n'étais pas — dans le jargon de la Compagnie — un *espion* ou un *agent*. Les officiers d'état-major de la CIA deviennent rarement des agents, seulement s'ils sont idiots. Les agents sont exploités, pressés comme des citrons. Lorsqu'ils ont servi et qu'on ne peut plus rien en tirer, la Compagnie les abandonne. Le jeu de l'agent, surtout s'il est à contrat et qu'il a une bonne couverture, c'est d'augmenter le plus possible son importance pour obtenir le maximum d'argent tout en n'oubliant pas de se ménager une porte de sortie ou une bouée de sauvetage. Tôt ou tard, si la Compagnie le juge à propos ou si ça convient à ses fins, elle soulèvera la couverture et le laissera tout tremblant dans la tempête. La plupart des agents le savent. S'ils ne le savent pas, ils l'apprennent vite, bien souvent trop tard, ce qui leur est fatal.

Nous, les Américains, sommes plutôt des

gens de commerce. Notre politique, en dépit de toutes nos prétentions morales, tourne autour d'échanges à court terme et nous sommes toujours trop pressés. Nous n'avons jamais eu la patience de caser nos espions longtemps dans les organismes de renseignements ennemis. Nos programmes de recrutement ont toujours essuyé d'abominables échecs. Les seuls agents à couverture que nous avions à Moscou, des agents assez importants, étaient des gars comme Penkovsky et Popov. Ils avaient offert leurs services au M16 britannique qui les partageait avec nous. Il semble aussi que nous ayons été responsables de la perte de ces deux espions. À nouveau, des échanges politiques. Placer un agent dans un organisme et le laisser travailler tranquillement pendant des années, sans jamais le compromettre, ça ressemble à un jeu d'échecs. Vous savez que les échecs sont le sport national des Soviétiques. Nous, les Américains, nous jouons au poker. C'est plus viril. Ça va de pair avec notre profond complexe psychologique du tireur solitaire à cheval. Vous vous souvenez de la célèbre interview Kissinger/Fallaci? On bluffe et on joue sur les renseignements qui nous sont donnés. Si ça ne marche pas, on mêle les cartes et on attend que le donneur distribue la main suivante. C'est la différence fondamentale entre la CIA et le KGB. C'est pourquoi les Soviétiques ont le meilleur réseau de renseignements sous couverture au monde. Les espions du KGB que nous avons pris, des agents comme le célèbre Abel, ont travaillé pendant des années. En fait, on ne les a pas vraiment attrapés.

Ce sont les circonstances et le hasard qui nous ont permis de tomber sur eux.

Mais ce genre de chose se fait rare. Mes fonctions d'officier à Montréal étaient beaucoup plus modestes. Je devais me charger de politiques et d'opérations: mon travail consistait à recruter des gens de l'endroit pour faire le travail, pour m'aider à atteindre certains buts. Ce sont eux, les agents et les espions. Ils opèrent à divers niveaux. Les informateurs occasionnels sont payés une seule fois. Il y en a d'autres que je cultivais avec plus de soin, comme les officiers de police, les adjoints, les professeurs, les journalistes et les étudiants, pour infiltrer les organismes radicaux. Nous avions l'Opération Caméléon qui nous permettait de jeter un coup d'oeil sur les rapports des officiers des Services de sécurité de la GRC... dont certains agents travaillaient dans les secteurs qui nous intéressaient. Nous avons tout simplement pris leurs meilleurs afin qu'ils agissent pour nous à titre d'agents.

Voilà comment nous avons recruté des agents comme Centaure, qui travaillait au sein du Parti Québécois et qui continue sans doute, pour autant que je sache. Il y a des gars comme Le Colonel qui nous est venu de la Division des contacts nationaux à Washington. C'est nous qui avons entraîné Le Colonel à Washington, à l'école du contre-terrorisme à Panama et ainsi de suite. Il est l'un de nos personnages en réserve dans le Tiers-Monde. Du genre de ceux que nous remontons à bloc et que nous mettons à l'oeuvre quand

nous voulons monter un coup d'état, un assassinat ou un enlèvement. L'ennui, avec des gars
comme Le Colonel, c'est qu'ils se mettent à croire
à toute la propagande idiote dont on les abreuve.
Ils finissent par se prendre pour Horace, défen-
dant la démocratie et la civilisation. Bien sûr, il y a
Dieu, aussi. Je l'avais oublié. Vous avez raison, il
faut les convaincre que Dieu est de leur côté et
rien ne les arrête. Ils se transforment en monstrueux Frankenstein. On ne peut plus les contrôler. Parce qu'ils travaillent dans un milieu militaire ou policier, ils se mettent à voler de leurs
propres ailes, à mettre sur pied leurs propres
mini-réseaux de renseignements, à choisir des cibles et généralement à poser d'énormes problèmes. Au Québec, Le Colonel en est l'exemple
même.».

À propos du Colonel: (Varley: «C'est un
homme qui croit en sa propre légende.»). Vaguement rattaché au bureau du Premier ministre, vaguement rattaché aux services de renseignements
militaires du Canada, le mystère reste entier pour
ce qui est de sa juridiction, de ses fonctions et de
savoir de qui il relève exactement. En 1968, il devint extrêmement actif au Québec, plaçant des
agents à l'intérieur des syndicats et des mouvements politiques séparatistes. (Ledman: «Le Colonel? Il est aussi subtil qu'une balle dans la
tête.») De toute évidence, c'est tout aussi efficace.
Ses agents se sont retrouvés dans la Compagnie
des Jeunes Canadiens, la version gouvernementale du *Peace Corps* américain, quoique les membres de ce groupe restent au pays. Mais, à l'inté-

rieur de la Compagnie des Jeunes Canadiens, ces agents avaient les coudées franches parmi les jeunes radicaux, leur procurant des fonds à même des projets factices financés par la CJC. Les agents du Colonel ont continuellement exercé des pressions pour que les événements dégénèrent en révolution et en confrontation violente, avec le résultat que ceux qui n'avaient pas d'expérience en politique se rendaient compte que leurs organisations avaient toujours une bonne longueur d'avance sur eux et échappaient totalement à leur contrôle.

Le premier coup du Colonel fut celui de 1968, au cour du défilé annuel de la Saint-Jean-Baptiste. Il provoqua le violent incident qui fut par la suite connu sous le nom de «La nuit des Matraques». Il avait mis en place un groupe d'agents secrets près des estrades d'honneur où se trouvait le Premier ministre entouré des dignitaires provinciaux et fédéraux venus assister au défilé. À un moment donné, les hommes du Colonel se pressèrent pour hisser le leader séparatiste, M . . ., sur leurs épaules et se mirent à proférer des menaces et des railleries au groupe du Premier ministre. La police réagit et se mit à battre les authentiques partisans de M . . ., venus rapidement à la rescousse. Dans la mêlée qui suivit, d'innocents passants furent malmenés. Des bouteilles et d'autres objets furent lancés en direction du Premier ministre qui résista avec courage et colère aux tentatives de sa suite de l'escorter pour lui faire quitter l'estrade d'honneur. L'incident avait été soigneusement mis en scène, dans le champ des caméras de télévision qui filmèrent les réactions sincères du Premier ministre face au danger physique. Transmise aux téléspectateurs à l'échelle nationale, toute la scène ne laissait aucun doute dans l'esprit des gens. Il fallait ramener l'ordre au Québec, et le Premier ministre était tout désigné pour y arriver. Quelques jours plus tard, à l'élection nationale, le Premier ministre et son parti remportaient une éclatante victoire. Le Colonel avait bien appris sa leçon du CIA. L'avenir lui souriait.

Ledman ajouta une note ironique à l'incident. Plus tard, au cours de la soirée, au moment où un sergent-détective interrogeait le leader séparatiste M..., l'officier de police interrompit l'interrogatoire pour demander une faveur à M...: «Auriez-vous objection à parler à ma femme pendant quelques minutes? Vous savez, c'est une de vos admiratrices.». Étonné, M... haussa les épaules. admiratrices.» Étonné, M... haussa les épaules. Le détective téléphona chez lui. «Devine qui j'ai ici?» demanda-t-il à sa femme, sur le ton ravi de celui qui ménage une surprise. Il passa ensuite le récepteur à M... qui entendit pendant de longues minutes la femme du détective se répandre en compliments sur le merveilleux exemple qu'offrait M... à tous les Québécois, à quel point elle avait de l'admiration pour lui et les sacrifices qu'il faisait. Quand M... finit par raccrocher, le détective sourit en disant: «Revenons à nos moutons...».

Ledman, à propos de Varley: «Une personne fascinante. Physiquement, c'était la sculpture de femme d'Aristide Maillol. (L'auteur: Ledman faisait souvent des analogies avec l'art. De toute évidence, il se targuait d'être un connaisseur.) Vous savez, cette figure classique du dix-neuvième. Personnellement je trouve cette volupté un peu riche. J'ai un faible pour les femmes élancées. Intellectuellement, elle était l'égal de tous les officiers d'état-major de la CIA que j'ai connus. Elle se trouvait au Québec depuis plus longtemps qu'elle ne l'avouait. Varley était indispensable. Officiellement, elle était l'adjointe aux opérations, une espèce de super secrétaire comptable du chef de poste. Mais dans un petit poste comme le nôtre au Québec, elle jouait un rôle beaucoup plus important et savait à peu près tout sur tous ceux qui avaient des rapports avec la Compagnie dans la province. Elle s'occupait de tous les câbles secrets entre le chef de poste et Washington. Étant donné ses connaissances de l'historique de la situation, elle rédigeait souvent les analyses et les rapports dont se servait le chef de poste au cours de ses séances d'information. Elle était responsable des fonds des officiers, inscrivait les paiements aux agents recrutés, tenait à jour les dossiers délicats. Oui, le fait qu'elle n'occupait pas un poste plus important à la Compagnie révèle qu'il n'y a pas d'égalité entre les sexes à la CIA. Je pense qu'elle en était profondément frustrée. C'est peut-être la raison pour laquelle elle s'est engagée si à fond avec Stern. Moi? . . . j'ai tout simplement essayé de le faire sortir de là. Je me suis dit que si je l'envoyais à Alger, il continuerait de voguer à la dérive.».

Dans le paquet de documents dénichés par l'auteur dans l'ancien appartement de Stern se trouvent tout d'abord des copies de quinze rapports secrets dont les dates s'échelonnent de juillet 1969 à janvier 1970. Les indications qui auraient révélé la destination codée et la signature de l'expéditeur avaient été masquées avant la prise des photocopies. Mais, d'après le contenu des rapports, il semble raisonnable de présumer que huit étaient des documents des Services de sécurité de la GRC, et que les sept autres émanaient de la CIA au Québec.

Étant donné la nature de l'information, il est surprenant de constater que Stern ne semblait pas apprécier l'importance de ces rapports. Du moins, il ne les traitait pas avec beaucoup de respect, car ils portent la trace de documents qu'on a laissés traîner sur une table de téléphone et qu'on a lus en diagonale. Les pages sont tachées de cernes laissés par des tasses de café. Des numéros de téléphone et des messages énigmatiques sont écrits dans la marge et au verso des pages.

L'envers d'un rapport de quinze pages est couvert de notes détaillées, sans doute prises par Stern, sur les origines et la survie du culte du cheval. Les premières notes traitent de l'apparition du cheval, totem vénéré par les tribus préhelléniques qui résistèrent à la première civilisation grecque. Elles sont suivies de références au Centaure de la mythologie grecque. Puis des notes éparses sur l'exploitation du cheval, symbole de consommation au vingtième siècle en Amérique du Nord.

La qualité des documents secrets varie énormément. Les pires, quelques-uns des rapports de la GRC, sont un méli-mélo de jargon et de pensées confuses, dignes de l'esprit bureaucratique dans toute sa médiocrité. Les rapports les mieux articulés, ceux de la CIA, sont bien écrits et beaucoup plus instructifs. L'auteur en a tiré des informations essentielles à la présentation de ce rapport.

Dans l'ensemble, ils révèlent que, dès son origine, le Front de Libération était fortement infiltré par des organismes de renseignements concurrents: les Services de sécurité de la GRC, la Sûreté du Québec, les agents du SDECE de France et les Services de renseignements de l'Armée Américaine — ces derniers par l'intermédiaire d'un agent du Groupe Militaire 902 d'Arlington en Virginie qui se faisait passer pour un déserteur de la guerre du Viet-nam et à qui le Front finit par se fier pour actionner sa presse à imprimer.

Deuxièmement, il semble y avoir eu un effort

concerté et même une politique non écrite de la part de la police et du gouvernement, dans le but de criminaliser les organismes politiques prédécesseurs du Front de Libération.

Il est remarquable que l'information en provenance de ces divers organismes ait fait son chemin pour ressortir, sous une forme distillée, dans les rapports de la CIA. Par exemple, on y retrouve une compilation extrêmement précise des allées et venues de deux membres plutôt obscurs du Front qui ont fait le pèlerinage en Chine, en Corée du Nord, à Cuba et enfin au Liban, où ils se sont entraînés à la guérilla avec des sections de l'Organisation de Libération de la Palestine. Le rapport énumère les dates des départs et des arrivées dans les divers pays, les bateaux et les avions utilisés, leurs sources de financement. On y résume des conversations, des contacts — c'est un dossier très complet.

Le paquet contenait aussi cinq feuilles portant la remarquable écriture de Varley: sur l'une d'elles le poème déjà cité de Margaret Atwood.

L'auteur a fait analyser les notes manuscrites de Varley par le Dr Pamela Brown, une des graphologues les plus réputées d'Amérique du Nord. On l'a recommandée et décrite à l'auteur comme étant une spécialiste en la matière et un témoin reconnu par les tribunaux. Elle est l'auteur de nombreuses communications scientifiques sur l'utilisation de l'écriture comme moyen d'étudier les maladies mentales.

L'auteur admet qu'il s'agit d'une invasion de l'intimité, mais il ne s'agit pas ici d'un roman d'espionnage traditionnel, dans lequel on aligne les personnages et l'on fait une pause pour admirer le paysage, en exhortant les lecteurs à faire de même. Les personnages ne sont pas décrits dans la tradition du roman d'espionnage, par des profils bien campés, porteurs de valeurs faciles à identifier. L'auteur estime qu'il s'agit là d'exercices faciles qui finissent par être trompeurs. Les acteurs et l'auditoire assument beaucoup trop facilement leur rôle. Non, ce que nous recherchons ici, ce sont les voix intérieures de la motivation, l'ambivalence de la personnalité, la façon dont les gens (dans le cas présent, des espions) se perçoivent dans leur propre vie. C'est dans cette intention que l'auteur a fait appel à l'analyse du Dr Pamela Brown:

La personne qui a écrit ce texte est intelligente et dotée d'une nature artistique, mais souffre d'antagonismes profonds, quoique soigneusement dissimulés.

Il s'agit de l'écriture d'une personne énormément préoccupée par ses problèmes personnels. Égoïste et égocentrique, elle consacre une bonne partie de son temps à penser à elle et à ses ambitions.

Bien qu'il soit évident qu'elle possède la capacité de comprendre les théories et de se concentrer sur des questions précises, à un niveau intellectuel élevé, ce talent est dissipé par une instabilité qui laisse croire que cette personne ne peut survivre seule longtemps et qu'elle a besoin de l'appui d'un milieu de travail structuré, dans lequel l'autorité est clairement établie.

Au mieux, elle peut commencer des études ou se lancer dans un projet avec enthousiasme et diligence. Elle possède la capacité de résoudre des problèmes qui s'appliquent au travail et à la recherche poussée pendant de longues périodes.

On note, toutefois, un problème dans la façon dont elle établit des rapports avec les gens. De toute évidence, ce problème entre en conflit avec son agitation et son besoin de rapports sociaux. Exaltée, au point de frôler l'hystérie, cette personne peut vraisemblablement utiliser tous les moyens qu'elle pourra imaginer pour éprouver une sensation de détente, artificielle ou non.

Elle a besoin d'attention, besoin de savoir qu'on l'aime et qu'on l'admire. Elle peut berner les gens, leur dire les choses qu'ils veulent entendre. Elle flattera et cajolera ses interlocuteurs pour qu'ils l'aiment et recherchent sa compagnie. Si cette méthode échoue, elle en utilisera une autre pour se mettre en vedette. L'attention, quelle qu'elle soit, est préférable à l'indifférence.

Ce n'est pas une personne généreuse. Elle a de la difficulté à partager quoi que ce soit de matériel. Elle ne donne que s'il y a possibilité de recevoir en retour. Ses idées et ses pensées sont mesurées et elle ne partage ses secrets qu'à ses propres fins.

Dans une discussion, cette personne ne sait pas où s'arrêter et peut s'entêter à opter pour son point de vue, en utilisant tous les arguments et tous les moyens qui lui viennent à l'esprit — et ils sont nombreux. Elle va justifier après coup ce comportement et se convaincra d'avoir raison.

La discussion et l'entêtement sont les moyens de défense que cette personne emploiera pour compenser la faiblesse de sa volonté et son insécurité soigneusement dissimulée. Bien qu'elle projette l'image d'une personne qui a confiance en elle-même, elle ne sait pas exploiter à fond ses talents, qu'elle estime considérables. En réalité, elle attend un guide ou un protecteur qui assumerait la responsabilité de la diriger jusqu'au succès.

Cette personne écoutera les suggestions de quelqu'un à l'esprit fort. Ses tendances intellectuelles et culturelles la protégeront sans doute. Si, toutefois, elle subissait un stress émotif, psychologique ou physique, tout semble indiquer qu'elle pourrait être manipulée intellectuellement par un esprit plus fort que le sien. Bien que cette observation s'applique à n'importe qui, la personne qui a écrit ces lignes fait preuve d'une capacité marquée de tenir le coup dans une situation difficile.

Varley et Stern dorment, enlacés. À l'autre bout de la ville, l'homme qui monte la garde dans l'appartement exigu du rez-de-chaussée, rampe le long du corridor pour vérifier si l'Anglais a toujours la cheville enchaînée au lit. Il rampe ensuite jusqu'à la chambre pour réveiller Gérard. Il lui place une main sur la bouche pour qu'il ne parle pas et lui souffle à l'oreille.

— Ils nous ont repérés. Ils sont en haut.

— Comment le sais-tu?

— C'est la deuxième nuit d'affilée que le vieux d'en haut ne se lève pas pour aller pisser.

Ledman à l'auteur: «L'espionnage, ce n'est pas comme un roman de LeCarré — tu sais, l'intrigue classique où le gars en haut de la pyramide fait appel aux brillants talents diversifiés des quartiers généraux, une série d'ordres voilés que le personnel transmet à son tour aux opérateurs mobiles qui, au cours des 300 pages qui suivent, s'affairent à exécuter toutes sortes de tâches étonnantes et exotiques à propos desquelles on ne leur fournit jamais d'explications. Jusqu'à la page 301, où tout finit exactement de la façon dont l'avait prévu le gars qui dirige le service, comment s'appelle-t-il déjà? — Oui — Monsieur Sourire.

En réalité, ça se passe tout autrement. Pour en arriver à une analogie plus exacte, il faudrait retourner la pyramide traditionelle du roman d'espionnage.

Évidemment, les objectifs, les politiques et les cibles viennent d'en haut: Noyautez le Front Révolutionnaire! Déstabilisez le gouvernement et entachez l'opposition! Installez le Général Untel à la tête du pays! Ces ordres, généralement accompagnés de plans grandioses et de détails minutieux des opérations sont déversés sur les pauvres types qui doivent les exécuter et faire face à une réalité bien différente de la théorie — les possibilités du réseau d'agents et d'informateurs en place. C'est un fait dont le planificateur ne semble jamais tenir compte.

Si le chef de station est spécialiste de la maladresse ou alcoolique, ce qui arrive assez souvent, son remplaçant peut se trouver dans une station où règne une confusion totale et dont la capacité d'opérer est une farce. S'il doit affronter une situation d'urgence, ce qui est généralement le cas (le pays traverse une crise), il doit agir vite. Ses options se limitent la plupart du temps à acheter en toute hâte une flotte d'agents, ce qui entraîne généralement des conséquences désastreuses. C'est un peu comme mettre sur pied une équipe de hockey d'expansion. On a tous les joueurs dont personne ne veut vraiment. Des milliers de dollars sont dilapidés sans disposer d'aucun moyen de récupérer cet argent des mercenaires dont les prétentions ont dépassé la compétence. C'est ainsi que ça se passe le plus souvent. Qu'est-ce que la Compagnie peut faire! Les poursuivre pour publicité trompeuse? Les services secrets sont vraiment un secteur très rentable pour les artistes de l'escroquerie, car il n'y a aucun moyen légal de récupérer l'argent.

Même si le chef de station a bien fait son travail et a mis sur pied un bon réseau d'agents et d'informateurs, qu'il dispose d'excellentes possibilités d'exécuter les tâches que lui confie le quartier général, ce n'est jamais simple. Il faut tenir compte des problèmes que pose l'interprétation des données. Un gars ayant beaucoup d'expérience à la CIA, un des survivants de l'Office des services stratégiques de Donavan, m'a confié qu'après avoir passé sa vie dans ce domaine il en était arrivé à la conclusion que l'Agence ne fonctionnait qu'à quarante pour cent de son potentiel: l'alcool, les problèmes psychologiques et émotionnels, et surtout les erreurs de jugement des chefs de station engloutissaient le soixante pour cent qui reste. Oui, vous avez raison, à bien y penser, c'est probablement un bienfait des dieux. Je n'aimerais pas vivre dans un monde où la Compagnie réussirait à atteindre ses buts à cinquante pour cent. Même là, son inefficacité ne réduit pas nécessairement les dangers pour les citoyens locaux. Une longue liste de disparus peut en témoigner.

Je suppose que le problème provient du fait que chaque chef de station que j'ai connu croyait sincèrement mieux connaître la situation locale et ses exigences qu'un directeur régional de Langley. Que se passe-t-il quand le chef de station reçoit l'ordre de discréditer l'opposition politique qui peut sembler, par la politique qu'elle énonce publiquement — l'indépendance, l'étatisation des ressources nationales, etc. — avoir des objectifs à long terme contraires à la politique étrangère des États-Unis? Le chef de station peut étudier le plan à long terme de la Compagnie pour discréditer l'opposition aux yeux de la population et décider d'opter pour d'autres possibilités dont l'exécution se fera plus rapidement, en tenant compte de ses possibilités.

Une de ces options pourrait consister à monter un enlèvement politique. La Compagnie ne se charge jamais physiquement d'un enlèvement. Si l'on analyse l'histoire de la violence politique en Amérique latine depuis trente ans, on peut voir qu'à chaque fois que la Compagnie entre en scène, elle réussit à manipuler les militaires et la police locale pour qu'ils fassent eux-mêmes le travail. Le meilleur moyen, s'il est réalisable, c'est de faire en sorte que seulement quelques personnes de la localité où elle est à l'oeuvre sachent que l'enlèvement est un coup monté. Pour que cette tactique soit efficace, il faut «créer» un groupe terroriste bien organisé. Mieux encore, on peut en utiliser un qui existe déjà, même s'il est moins bon. La Compagnie a plusieurs techniques éprouvées pour s'occuper des véritables groupes révolutionnaires — l'infiltration, les cellules parallèles, le harcèlement policier. Vous les jetez ensuite dans la mêlée contre la police locale. En même temps, vous utilisez des gens des médias qui écriront des articles faisant le lien entre les terroristes et l'opposition.

Vous vous arrangez ensuite pour que les policiers des services secrets locaux renseignent les hommes politiques au pouvoir à des séances officieuses au cours desquelles ils peuvent déclarer les choses les plus terribles: que l'organisateur en chef du parti de l'opposition est en réalité l'orchestrateur des activités du front terroriste et des choses du genre pour alimenter la paranoïa et les ambitions égoïstes des politiciens. Vous arrivez ainsi à garder au pouvoir pendant au moins cinq ans le parti que vous souhaitez y voir.

Ça ne réussit qu'à court terme. À la longue, même dans les pays les plus dictatoriaux, la vérité finit toujours par éclater, surtout si l'enlèvement s'est terminé dans la violence. Les agents qui estiment ne pas avoir été bien traités se mettent à parler aux journalistes. Les officiers de police mécontents utilisent ce qu'ils savent comme arme politique contre leurs supérieurs. Il existe un vieux dicton dans le monde de l'espionnage, mais il dit vrai: «La seule conspiration qui donne vraiment de bons résultats est l'oeuvre d'une seule personne.» Si la Compagnie faisait bien son travail, arrivait à masquer ses manipulations et avait un peu de chance, les retombées ne lui éclateraient pas au visage. Ce sont généralement les gars du coin qui se font blâmer, en définitive. S'ils en savent trop, les choses se gâtent. C'est ce qui est arrivé au Chili.

Les conséquences politiques sont désastreuses. Je suppose que ce n'est pas par accident que les États-Unis se sont retrouvés amis avec tous les bastions de la démocratie comme le Brésil, l'Argentine, la Corée du Sud, Haïti, les Philippines, le Nicaragua, le Paraguay... et la liste est longue, de ce que les Sénateurs de Washington se plaisent à qualifier de monde libre».

Stern ne dévoile pas avec exactitude, sur ses bandes, à quel moment il est entré en contact avec la personne dont Atkinson avait encerclé le nom en le prévenant de l'aborder avec «beaucoup de circonspection». Stern ne révèle pas ce nom sur les bandes et ne décrit pas non plus l'homme en question. Il l'appelle seulement «l'Organisateur». Par exemple: «J'ai vu l'Organisateur, aujourd'hui. Nous avons bu une bière ensemble à la taverne Rymark». (L'auteur la connaît bien. Un pub au plafond haut et aux murs en bois foncé près de la rue Peel qui, depuis au moins trente ans, sert à midi une délicieuse spécialité: le soc de porc et la choucroute.) «Il m'a appris que les Services de sécurité de la GRC sont tout à fait inutiles, absolument incapables de contrer la crise.»

Il semble que les séances d'information de la GRC au bureau du Premier ministre soient une véritable farce. «Au début, tout le monde était mal à l'aise pour eux, mais maintenant, les officiers supérieurs à Ottawa sont traités par le personnel du Premier ministre avec un mépris à peine voilé.» Un comité spécial que l'Organisateur nomme Le Comité a été mis sur pied par le Premier ministre pour s'occuper de la crise. Le gouvernement provincial n'a plus rien à y voir. Le Cabinet provincial a été écarté.

Selon l'organisateur, le Premier ministre semble effondré. Ils ne le laissent même pas entrer à l'entrepôt. Non pas qu'on puisse y puiser beaucoup d'informations de toute façon. Le véritable centre du pouvoir s'est déplacé vers Ottawa où toute l'affaire est dirigée par quelques adjoints du Premier ministre et son homme au Québec, le mystérieux Monsieur C...

Ce sont les services secrets militaires et Le Colonel qui fournissent les seuls renseignements susceptibles d'avoir une certaine utilité. L'Organisateur soupçonne Le Colonel de travailler dans l'ombre au Québec depuis 1968. D'étranges rapports d'amour et de haine se sont créés entre lui et les principaux adjoints du Premier ministre. Pour l'instant, prétend l'Organisateur, ils ont besoin de lui beaucoup plus qu'il n'a besoin d'eux. Pourquoi? Parce que, pour la première fois, les intellectuels québécois sont unis contre le gouvernement fédéral. Ils sentent que le Canada anglophone a élu le Premier ministre pour «les mettre au pas». Le Premier ministre et ses collaborateurs estiment qu'il faille «rafraîchir la mémoire» des citoyens — et il ne fait aucun doute dans l'esprit de l'Organisateur que le gouvernement fédéral vise à «grossir la crise». Il en va de même du maire de Montréal, qui est candidat à la réélection et fait face à une forte opposition pour la première fois depuis des années. Le maire incite le bureau du Premier ministre à «nous débarrasser de tous ces gens de gauche»!

L'art dit toujours à la vie «et pourtant»!

Georges Lukacs
La Théorie du Roman

Stern s'émerveille devant l'énergie de Varley et l'admire. À cause du climat de crise politique créé par les enlèvements du Front de Libération, elle passe maintenant de longues heures au consulat. Pourtant, elle ne s'écrase pas dans un fauteuil, épuisée, lorsqu'elle rentre. «Ce n'est pas ainsi que je me détends.» Elle est toujours prête à sortir pour aller manger au restaurant, «cuisiner ne m'intéresse pas», pour aller voir un film ou écouter de la musique. Son enthousiasme frise parfois la frénésie. En ce moment même où elle patauge dans la neige chaussée de hautes bottes de cuir, elle est vigoureuse, presque exhubérante. Elle jouit de l'action et du mouvement.

Stern lui suggère de héler un taxi qui approche pour rentrer à la maison. Elle lui baisse le bras: «Non, on n'a pas besoin de taxi». Elle descend le capuchon de son manteau et commence un jeu en lançant des mots en l'air sur un ton chantant: «Sosie... double... miroir... reflet... alter ego... double face... Janus... double fond . . .».

Les mots s'échappent de ses lèvres en petites bouffées de vapeur. Même si elle est plutôt d'humeur à rire, ils restent suspendus dans l'air froid, bordés par la malice de la trahison qu'ils symbolisent. Stern se laisse prendre au jeu. Ils se font concurrence dans le choix des mots: «agent double . . . contrepartie . . . duplicité . . . contre-espionnage . . . double entente . . . contre-révolutionnaire . . . figurant . . . contre-opération.»

— Sosie! Varley retourne le mot dans sa bouche et le savoure. Ce mot sonne bien, très bien même, il a presque une connotation sensuelle, tu ne crois pas? . . . Je me demande quelles en sont les origines. Vous, les photographes, ne savez pas grand-chose . . . les mots ne vous suffisent pas, vous devez les masquer et inventer votre propre réalité pour ensuite prétendre que c'est une nouvelle façon de voir.

Stern n'attrape pas la perche qu'elle lui tend. Il connaît bien maintenant l'habitude qu'a Varley de ces monologues agaçants. Généralement, c'est qu'elle est sur le point de lui distiller des renseignements au compte-goutte, par bribes éparses. Il s'est aussi rendu compte qu'après leur première conversation elle n'a jamais reparlé de son travail lorsqu'elle se trouvait à l'appartement. C'est quand elle l'entraîne dans de longues promenages nocturnes à travers les rues de Montréal, malmenées par la nature en hiver, ou qu'elle le met au défi de grimper les marches glacées, balayées par le vent, qui conduisent au sommet du

Mont-Royal, qu'elle lui signale des choses qui ont de l'importance pour lui.

Ils marchent en silence pendant un certain temps. Ils n'entendent que le crissement de leurs bottes dans la neige et le sifflement occasionnel d'une voiture qui passe. Il est certain qu'elle va lui révéler quelque chose d'important. («Je dois apprendre à ne pas presser les gens, à les laisser parler», extrait des bandes.) En un éclair, il se rappelle qu'en espagnol on appelle un informateur de police *oreja*, mot qui signifie oreille. «Suis-je déjà en train de devenir ce que je veux être?» se demande-t-il. Il a froid et suggère à Varley d'entrer se réchauffer quelque part. Elle le conduit à un *delicatessen* ouvert toute la nuit. Il est presque vide, sauf pour une demi-douzaine de chauffeurs de taxi groupés autour d'une table au dessus de plastique stratifié. Sous la lumière crue du néon blanc, ils ont l'air de phoques à poils longs, coincés sur une banquise. Les affaires vont mal, ils maugréent: les gens sortent peu. Le temps est affreux. La police embête tout le monde. Les révolutionnaires leur compliquent l'existence.

Varley et Stern trouvent une table dans le coin le plus solitaire du restaurant. Ils commandent une soupe au poulet et des sandwiches au boeuf fumé.

— Les choses vont-elles aussi mal qu'ils le prétendent? demande Stern, hochant la tête en direction des chauffeurs de taxi.

— Non, ils ressemblent aux chauffeurs de taxi du monde entier, toujours en train de se plaindre.

Les seules personnes qui croient que la révolution est vraiment à nos portes sont les membres du cabinet provincial. Les hommes politiques se sont enfermés sur deux étages de l'Hôtel Reine Elizabeth. Ils semblent croire que les rues grouillent d'anarchistes et de révolutionnaires. Ils ont subi un lavage de cerveau administré par Le Colonel — c'est pathétique.

Stern aimerait en savoir plus long à propos du Colonel, mais Varley a pris une autre tangente.

— Tu sais, Stern, la psychiatrie nous apprend beaucoup de choses sur les gens comme toi, qui s'écartent du troupeau et partent à la recherche de leur sosie. Oui... la recherche d'un autre moi est véritablement une psychose qui masque des anxiétés névrotiques à propos de sa propre identité et qui reflète le narcissisme d'un individu, mais surtout sa crainte de la mort.

— C'est pourquoi nous portons tous des masques?

— C'est ce qui m'ennuie chez vous, les photographes. Si l'on vous enlève votre caméra, tout ce que vous pouvez faire c'est de dire des généralités sur la conduite humaine.

— Varley, pourquoi ne vas-tu pas droit au but?

— Tu es toujours intéressé à retrouver ton sosie?

— Oui.

— Alors, j'ai peut-être quelque chose qui t'intéressera. Cet après-midi, je suis tombée sur un dossier où l'on parle d'un certain agent du nom de Timothy Stern dont on a fait sauter la couverture il y a un an, à peu près.

— Comment?

— Je sais que c'est difficile à croire... elle éclate d'un rire incontrôlable, son officier des Services de sécurité de la GRC était allé boire dans un bar de la rue St-Denis un soir et tomba sur le Timothy Stern en question. Il s'enticha de la jolie femme assise près de Stern. Le gars de la GRC était ivre et a cru qu'il aurait du succès auprès d'elle en lui révélant qu'il était le protecteur, le manipulateur de Stern, celui qui faisait agir la marionnette. Malheureusement, ce n'était pas l'amie de coeur de Stern, mais la femme du dirigeant d'une cellule du Front de Libération.

— Était-ce la fin de sa carrière d'agent secret?

— Je n'en suis pas certaine, mais je pense que ça pourrait drôlement nuire à l'efficacité de son travail au Québec. Le Front a préparé et fait circuler une affiche portant sa photo, le nom que l'agent de la GRC avait laissé tomber dans la conversation — Tim Stern — et son nom d'emprunt. Sais-tu que l'officier des Services de sécurité a été promu à une section spéciale de leurs opérations D, leur section antisubversive.

— Quel était l'alias de Stern?

— Morissette... Je ne me souviens plus du prénom, quelque chose comme Gilles.

— Et Stern est son véritable nom?

— Non, c'est le nom qu'a la GRC dans ses dossiers.

— Où est-il allé?

— Je ne sais pas... certains indices laissent croire que Le Colonel aurait pu le reprendre en charge.

— Pour qui travaille Le Colonel?

— Pour un groupe appelé Fidèle — dont les contacts se ramifient jusqu'au bureau du Premier ministre et aux Services Secrets Militaires du Canada.

— Avant que Stern, ou Morissette, ou quel que soit son vrai nom, ne soit découvert, que faisait-il pour la GRC?

— En fait, une chose astucieuse. Il s'est inscrit comme étudiant à l'Université de Montréal et a mis sur pied ce qu'on appelle des cellules parallèles. C'est une méthode qui a fait ses preuves.

Dans une situation révolutionnaire, ou plus exactement dans le cas du Québec où il y a beaucoup d'agitation politique, les organisations clandestines semblent naître spontanément des frustrations politiques. On peut presque en prédire la formation. Laissés à eux-mêmes, la plupart de ces groupes finissent par s'effriter. Mais les forces policières responsables de la sécurité du pays doivent justifier leur propre existence. (Ledman: «Après avoir créé une institution, il faut l'alimenter.») Leur rôle consiste à noyauter les organisations clandestines et à les discréditer aux yeux du public avant qu'elles ne puissent acquérir une certaine crédibilité. Reste à savoir dans quelle mesure ces activités sont déclenchées pour justifier le budget de la police? Je dirais, dans une assez large mesure. Et pourtant, l'attention policière a plutôt tendance à définir ces groupes. Cela pourrait nous mener à une autre discussion. Mais pour en revenir à Stern. Au début, il est difficile de noyauter les cellules de l'extérieur, car elles se composent généralement de jeunes qui se connaissent pratiquement depuis l'enfance et qui ont tendance, lorsqu'ils sont placés dans une telle situation, à se méfier des étrangers. Le stratagème consiste donc, la plupart du temps, à mettre sur pied une cellule parallèle. Dans les milieux universitaires, on peut facilement attirer beaucoup de jeunes romantiques. Vous commettez certains actes audacieux, toujours avec l'aide de la police, ce qui vous donne un statut approprié aux yeux des autres révolutionnaires, surtout s'ils souffrent d'un manque de leadership. Rapidement, les autres cellules, disons les cellules légitimes, présument que vos activités ne sont qu'une preuve de plus que la révolution est à nos portes et elles entrent en contact avec votre cellule parallèle. Une fois le contact établi et maintenu, le groupe de la police affecté aux renseignements peut s'atteler au travail afin d'identifier les membres des cellules légitimes. Il leur fournit des bombes, des armes et en manipule les membres pour qu'ils commettent des actes tout à fait stupides et perdent toute confiance aux yeux de la société qu'ils essaient de politiser.

— Je ne crois pas que ce soit aussi simple que tu le dises. Tout d'abord, je ne pense pas que les policiers soient assez astucieux pour ça.

— N'oublie pas que les agents de renseignements ne sont pas des policiers ordinaires et que ces techniques ont eu de bons résultats pour la CIA en Amérique latine, en Afrique et en Europe.

— C'est ce genre de travail que faisait Morissette ici?

— Apparemment. Il semblait réussir assez bien. Il se spécialisait dans la fabrication de bombes qui n'éclataient pas.

— Tu veux dire qu'elles n'étaient pas faites pour exploser.

— Il en a fabriqué une trentaine; aucune n'a explosé.

— Personne n'a eu de soupçon?

— Non, parce qu'au début, les arrangements étaient bizarres. La GRC fournissait de faux bâtons de dynamite aux fabricants de bombes. Ceux-ci fabriquaient les bombes, mais tu sais, le Front de Libération ne voulait pas qu'elles explosent non plus, et ils disaient aux gars de faire en sorte que la bombe n'explose pas. Ils ne voulaient blesser personne. Au début, le Front de Libération ne souhaitait que s'attirer de la publicité et téléphonait toujours aux journaux, à la radio et à la télévision avant l'heure prévue de la supposée explosion. Les journalistes se ruaient sur les lieux, généralement un symbole du pouvoir anglophone. La police faisait de même, désamorçait les fausses bombes, sans jamais dire qu'elles étaient fausses, ce qui aurait compromis le fabricant de bombes et dévoilé ses tactiques de provocation. C'est bizarre, n'est-ce pas?

— Oui, mais il y a eu des explosions, des gens tués.

— Oui, quand on commence ce petit jeu, il devient parfois difficile de le contrôler. D'autres joueurs entrent en scène à leur tour.

— Oui, je vois, et non seulement des deux côtés.

— Pour commencer, il y a des terroristes qui veulent qu'une bombe explose. Pas très brillants, ils comprennent mal les techniques de l'agitation et de la propagande. Puis, certains policiers psychopates veulent aussi voir exploser une bombe, ce qui justifierait leur demande d'augmentation de pouvoir — des lois qui limitent les droits des citoyens — et leur demande d'argent pour acheter tout le matériel technique sur le marché — des jouets pour contenter les gars.

— De la façon dont tu parles, on dirait les rouages insensés d'un état fasciste.

— C'est le début de la folie. En effet, ce n'est qu'à la première étape que les organismes policiers et les groupes terroristes perdent complètement de vue leurs origines, qu'ils perdent contact avec leur base dans la société et s'emprisonnent dans une étrange escalade de violence par laquelle ils se définissent mutuellement. On peut observer la même chose qui s'amorce actuellement en Allemagne de l'Ouest.

— Mais la lutte ne peut se faire d'égal à égal.

— Non, la police gagne presque toujours.

— Pas moralement.

— Oui, car la police opère avec l'autorité de l'état.

— Et les terroristes?

— Ils n'ont pas d'autorité, pas même l'autorité morale des dépossédés. La plupart sont des fils et des filles rebelles de la bourgeoisie. Leurs actes de violence découlent de la faiblesse, de la frustration politique, mais surtout du romantisme. On peut montrer la *Bataille d'Alger* à la télévision, c'est un bon film, mais qui n'a rien à voir avec ce qui se passe en Amérique du Nord.

— Tu dis que la police gagne «presque toujours». Qu'arrive-t-il à ces beaux mots évocateurs: justice et liberté?

— Les terroristes deviennent des guérilleros. Ils finissent par être les héros de la révolution et le reste de la société les appuie. Ça n'arrivera pas ici parce que les conditions matérielles ne sont pas assez oppressives pour la majorité.

— Qu'arrivera-t-il alors à ces jeunes?

— Ils seront dispersés, emprisonnés. Certains d'entre eux vivent déjà en exil volontaire à Alger, à Cuba et en France. C'est une solution de classe. Dans quelques années, certains rentreront dans le rang. Je pense que les enfants de la classe moyenne savent toujours que quoi qu'ils fassent, ils pourront réintégrer la société, surtout s'ils renoncent à leur politique et à leurs actes de violence. Après tout, la bourgeoisie libérale considérera cette réaction comme une affirmation de ses propres valeurs et de son mode de vie... le mythe du retour de l'enfant prodigue. C'est pourquoi on retrouve de bons libéraux qui travaillent à les ramener au bercail.

— Ça me semble une façon bien traditionnelle de se mettre au pas d'une société tout aussi traditionnelle.

— Et bien, Stern, ils peuvent toujours faire un petit saut transcendental vers Dieu, ou devenir hippie et se retrancher de la société. À bien y penser, il est déjà trop tard, car même si nous sommes à l'époque de la non-violence, les enfants des fleurs se retrouveront finalement au même point que tous ceux qui participent à des croisades. Depuis un an, incapables de vivre de leurs communes, ils sont revenus lentement dans les grandes villes où ils sont traités brutalement. De New York à San Francisco, ils se font violer, assassiner, jeter dans des puits d'ascenseurs et subissent toutes sortes d'humiliations, par esprit de vengeance. Soyons francs, Stern, nous ne sommes pas une société complaisante envers ceux qui ne partagent pas notre échelle de valeurs.

— Parfois, tu me fais penser à Alice au Pays des Merveilles... qui es-tu vraiment?

Varley rit et fait semblant d'être confuse:

— Moi... je ne sais pas vraiment, répondit Alice, songeant à ses variations de taille. Je crains de ne pouvoir expliquer cela... car vous voyez, je ne suis pas moi-même.

— Très bien, Alice, je vais te ramener chez toi.

— D'accord, Stern, mais ne te lamentes plus à propos du froid.

Sur le chemin du retour, Stern réfléchit à la tension fortement érotique dont lui et Varley sont saisis. Ils vivent ensemble depuis deux semaines et elle ne s'est ni adoucie ni émoussée. Depuis la première nuit, chaque toucher, chaque regard, chaque infime échange physique les pousse plus intensément l'un vers l'autre. Varley déverse sa désinvolture sous les baisers, les caresses, les pénétrations. Leur façon de faire l'amour déborde d'intensité. Varley exige continuellement, souvent jusqu'au bord de l'hystérie. Emprisonnées dans la chair, leurs émotions se meuvent dans l'ombre aux tons de terre, de mauves et de bleus foncés. Et pourtant («On sent une étrange discordance.») éteints après l'étreinte, ils ne communiquent pas sur le plan des sentiments, ne faisant qu'échanger des informations.

Tout en reconnaissant qu'à un autre niveau il attend son heure («C'est-à-dire des renseignements»), Stern admet qu'il ne sait pas du tout où veut en venir Varley et qu'il n'a pas la moindre idée du jeu qu'elle joue.

Dans la rue, devant l'appartement de Varley, ils croisent le policier à cheval. Vu d'en bas, il est énorme. Sur le cheval noir d'au moins dix-huit paumes, la cape foncée de l'homme se fusionne au corps de la bête. Ils regardent le cheval et son cavalier descendre la rue en silence.

Stern:

— Dans la première bataille qu'a livrée Cortès à Cintla en 1519 pour la conquête du Mexique, il n'avait qu'une cavalerie de seize chevaux. Mais les Indiens étaient terrifiés, ils n'avaient jamais vu de cheval et ont pris pour acquit que le cavalier et son cheval étaient une seule et même créature. Après la bataille, on compta 800 morts chez les guerrier indiens. Cortès n'avait perdu que deux hommes.

Varley déverrouille la porte et le fixe du regard, perplexe.

— Quand j'aurai trouvé mon sosie espion, j'ai décidé de travailler à un projet qui m'apportera la fortune. J'ai l'intention de préparer un recueil de photos accompagné de jolis textes sur le culte du cheval. Je l'intitulerai *De Troie à Détroit*.

— L'idée est bonne mais le titre est mauvais.

— Suggère m'en un meilleur.

— Je n'y arrive pas pour l'instant, mais viens, dit-elle, le conduisant par la main jusqu'en haut de l'escalier. Le dernier au lit est un libéral, et pire encore, un libéral rusé de N.D.G.

Quand Stern se réveilla le lendemain matin, Varley était déjà partie au bureau. Posée sur l'oreiller à côté de Stern, une grande enveloppe blanche sur laquelle Varley avait inscrit avec toutes les fioritures dont elle était capable le mot «Centaure». À l'intérieur se trouvaient huit feuilles grand format. Les deux premières, des copies d'un récent rapport des Services de sécurité de la GRC, résumaient l'information reçue d'un agent à Paris portant le numéro de code MC-49. Il y faisait allusion à un dossier d'opération ultra-secret codé Centaure. Les six autres pages, des copies d'une analyse du premier rapport par la CIA, contenaient aussi des renseignements en provenance d'autres sources.

(L'auteur épargnera au lecteur le jargon quasi incompréhensible du rapport de la GRC et fournira les renseignements de base sur MC-49, ou Centaure comme il finit par se faire appeler, adoptant ainsi l'identité de son dossier d'opération.)

Centaure était agent des Services de sécurité de la GRC depuis 1964 où, à sa première opération, il aida à monter un coup contre un groupe de militants noirs qu'un agent secret du FBI au sein du groupe avait convaincu de déposer une bombe au monument de George Washington. L'agent du FBI prétendait avoir des contacts avec les révolutionnaires québécois qui pouvaient lui fournir des armes et des explosifs.

La tâche de Centaure, dans ce coup monté, consistait à faire passer la dynamite (que lui remettrait la GRC pour rendre service au FBI) à la frontière canado-américaine et à la livrer au groupe de militants noirs de New York. (Centaure n'a pas personnellement livré la dynamite; il eut plutôt recours à une «mule», un jeune étudiant naïf de l'Université de Montréal.) L'agent du FBI fabriqua la bombe et huit membres du groupe se rendirent à Washington dans deux voitures pour faire sauter le monument.

Quelques instants avant la mise en place de la bombe, ils furent entourés d'agents du FBI. Le chef du groupe fut condamné à quatorze ans d'emprisonnement. La sentence la moins longue fut de sept ans. L'agent du FBI fut promu. Ce ne fut là qu'une opération parmi des centaines effectuées en vertu du programme de contre-espionnage du FBI.

Au moment de l'incident de Washington, Centaure avait reçu son diplôme d'économie politique et il était chargé de cours à l'Université de Montréal, où il adopta publiquement la position anti-anglophone qui convenait et entretint des relations avunculaires avec les jeunes étudiants radicaux. (Ledman: «Il était inscrit sur la liste de paie des Services de sécurité de la GRC, mais c'étaient des rapports à bâtons rompus, portant la plupart du temps sur les étudiants radicaux. Ils le payaient très peu. Il tomba dans notre filet d'opération Caméléon et la Compagnie se dit que Centaure ferait un agent instruit ayant une bonne couverture éventuelle, de bons contacts familiaux, et destiné à de hautes fonctions dans la bureaucratie. On l'engagea donc par contrat, en 1965. Bien sûr qu'on ne l'a jamais dit à la GRC. Pourquoi? Ce n'est pas ainsi que les choses se passent. On n'a pas non plus partagé les informations fournies par Centaure. Évidemment, les SS nous ont transmis ses rapports.») Au cours des cinq années qui suivirent, Centaure travailla tranquillement à raffermir ses positions dans les cercles politiques influents du Québec, évitant toujours soigneusement de prendre une position trop partisane qui lui fermerait de nombreuses portes. En tant qu'économiste politique, il devint spécialiste de la planification gouvernementale. Centaure n'était pas génial mais très intelligent, et acquit une réputation de bon technicien qu'il ne méritait peut-être pas. Il subit deux ou trois petits revers à cause de sa personnalité plutôt arrogante et d'une certaine disposition à la paresse, mais il retomba toujours sur ses pieds et, en 1970, il se débrouilla pour obtenir une bourse qui lui permettait de se rendre à la Sorbonne, pour y faire des travaux de recherche. Mais il avait toujours un pressant besoin d'argent — il aimait trop bien vivre: les voitures de luxe, les beaux appartements, les jolies femmes et les meilleurs restaurants. Il se mit donc à exercer des pressions sur la GRC pour obtenir plus d'argent en présentant de longs rapports exagérés sur les activités des étudiants radicaux du Québec à Paris et sur les membres du Front qui avaient choisi la France pour s'exiler volontairement, ou s'y étaient enfuis juste avant l'arrivée de la police canadienne.

Telle était la nature du rapport transmis à Stern par Varley. Centaure y rapportait qu'un certain Jean-Baptiste Villeneuve avait pris sur lui de jouer le rôle de chef du Front de Libération en «exil» et faisait, à la presse française, des déclarations presque quotidiennes, ce qui embarrassait grandement le gouvernement du Québec et celui du Canada, «étant donné la situation créée par les enlèvements». Centaure suggéra qu'on lui confie la tâche de «neutraliser» Villeneuve. Le plan consistait à «se lier d'amitié avec Villeneuve et à réorienter ses activités». Évidemment, une telle tâche exigerait beaucoup de temps et d'argent. Les Services de sécurité de la GRC avaient approuvé sa suggestion et convenu de verser $1000 par mois à son compte en lui enjoignant de mettre à profit ses contacts avec Villeneuve pour mieux connaître les autres membres du Front en exil.

L'analyse, par la CIA, du rapport de la GRC sur la proposition de Centaure, contenait une affirmation bien au-dessous de la vérité:

Centaure néglige de faire remarquer à nos amis canadiens qu'il est déjà en contact avec Villeneuve et qu'en fait il conseille Villeneuve et le pousse à convoquer la presse française et internationnale à des conférences de presse.

Nous savons déjà que Villeneuve ne représente pas une véritable menace, même s'il rentre au Canada. Il n'y a pas de rôle de chef du Front de Libération qu'il puisse prendre en charge. Il n'est pas non plus véritablement reconnu comme le «chef en exil» du Front. Villeneuve ne l'a jamais prétendu et ne fait pas montre des qualités nécessaires à un tel poste. Il a affirmé très clairement se considérer comme un «porte-parole». Si Villeneuve a des prétentions quelconques, ce sont celles d'un idéologue. Centaure oublie également d'ajouter qu'il existe déjà de nombreuses scissions entre les Québécois en France, dont voici les deux principales:

1) Le groupe entourant Villeneuve et supposément «dirigé» par lui serait trop puissant et estime que le Front devrait travailler ouvertement en France, établir des rapports avec d'autres organismes politiques et chercher à s'assurer une certaine reconnaissance et une légitimité sur le plan international.

2) Le groupe des membres du Front entraînés à la guérilla aux bases du Liban et d'Algérie. Ils estiment que le FLQ doit rester en mouvement clandestin et chercher à attirer d'autres membres, toujours clandestinement.

De plus, la nature et le ton du désaccord ne sont pas violents et au plus vingt personnes sont effectivement impliquées dans le débat.

Le rapport expose assez longuement les ressources économiques du Front (pratiquement inexistantes) et fournit des détails sur son organisation (les possibilités des groupes de soutien, des sympathisants du Front) qui ne sont pas d'un grand intérêt. En conclusion, un paragraphe remarquable:

Le Front, contrairement à bon nombre d'organisations clandestines de même nature en Amérique latine, n'a jamais donné naissance a un chef dynamique et fort, doté de charisme et susceptible d'attirer une partie représentative de la population mécontente. Cette situation semble être la conséquence d'une importante infiltration policière à partir du tout début, au moment de la formation du Front et de ses prédécesseurs. Même à l'heure actuelle, l'homme qui agit comme intermédiaire entre les deux cellules détenant des otages est connu de nous en tant qu'agent sur la liste de paie de trois services secrets différents.

Stern, qui lisait le rapport avec un sentiment grandissant de déception — il avait espéré y trouver des renseignements concrets sur son sosie — s'assit soudainement bien droit sur le lit et éclata de rire. «Grand Dieu! se dit-il, non seulement ils savent où se trouvent les deux otages, mais deux autres groupes de renseignements le savent aussi.»

(Ledman à l'auteur: «L'intermédiaire était un gars nommé Lamontagne. C'était l'un des premiers agents du Colonel dès 1968 à la Compagnie des Jeunes Canadiens. Puis, le Colonel l'a propulsé dans l'organisation du Parti Québécois. Comme vous le savez, le P.Q. luttait toujours pour l'acceptation populaire et l'obtention du pouvoir auquel il finit par accéder à l'élection provinciale. Mais, en 1970, son plus gros problème consistait à se débarrasser de la réputation de parti politique accueillant et encourageant les révolutionnaires séparatistes, que leur avaient faite les autres partis établis et le gouvernement fédéral. C'est sans doute la raison pour laquelle ils ont consacré tant d'énergie à se décrire comme des indépendantistes plutôt que des séparatistes.

(«Le Colonel, surtout par l'intermédiaire de Lamontagne, leur jouait des tours — laissant couler des informations confidentielles à la presse, créant des scissions idéologiques entre les groupes du P.Q. pour embarrasser publiquement le parti. Mais quelqu'un dans l'organisation du parti Québécois eut la puce à l'oreille et ils le rejetèrent. C'est alors que Le Colonel le catapulta dans le milieu des sympathisants du Front. Je présume que Lamontagne eut un certain rôle à jouer dans l'établissement des plans pour enlever le Britannique; quant à l'enlèvement du Ministre de la Justice, je pense qu'au début, tout le monde fut pris par surprise. En quelques jours, le Colonel apprit sûrement où tout le monde se cachait et Lamontagne fut rapidement mis en place pour servir d'intermédiaire entre les deux cellules détenant les otages. Qu'a-t-il fait? Bien des choses. Jouant le rôle de sympathisant du Front, il loua des voitures et recueillit du comptant auprès d'autres sympathisants. Je suis certain qu'une bonne partie de ces fonds provenait directement de la caisse des pots-de-vin du Colonel. Mais sa principale fonction consistait à livrer les communiqués des ravisseurs aux endroits désignés — poubelles, cabines téléphoniques du centre-ville — et d'informer la presse par téléphone des endroits où se trouvaient les communiqués en question.

Comme vous le savez, c'est le meilleur rôle qu'on puisse faire jouer à un agent: il a une entière liberté de mouvement et accès à toutes les communications; il connaît les cachettes et il sait où se trouvent les otages. Ce qui importe c'est qu'il peut, à partir de cette position avantageuse, être utilisé pour manipuler le flux et le reflux de la crise politique engendrée par l'enlèvement. Les communiqués peuvent être modifiés. L'agent peut prétendre que ces chamgements sont l'oeuvre de la censure de la presse ou de la police. Et comme il n'y avait pas de coordination au Front, mais plutôt une collection de cellules nées spontanément au petit bonheur, il était très facile au Colonel d'inventer quelques cellules fictives. Même les membres du Front n'en sauraient rien avant qu'il ne soit trop tard ou que tout soit terminé et que tout le monde se retrouve en prison. Ces fausses cellules pouvaient servir à la diffusion de communiqués contradictoires ou conçus dans le but de soulever la colère et l'indignation du public.»)

Le ministre a craqué. Il est prêt, mais pas impatient de signer le document qu'ils lui désigneront. Les larmes aux yeux, mais sans discuter, il plaide coupable à tous les crimes politiques dont l'accusent ses ravisseurs. Il a renoncé au sens du «moi» et à toute responsabilité personnelle face au système qu'il a contribué à diriger.

Une ironie du sort. Il s'était toujours dit fier de sa capacité d'adaptation et s'était accommodé du rejet de son propre parti, de la malveillante étroitesse d'esprit de ses collègues du cabinet à la poursuite de leurs propres ambitions politiques. Même lorsqu'il découvrit qu'il avait de lourdes dettes — à la suite de sa campagne électorale à la tête du parti — et qu'il constata que son propre parti lui avait fermé le tiroir de la caisse électorale, il apprit à accepter l'amertume de sa situation et entama cyniquement des négociations qui lui ouvriraient éventuellement les coffres de la pègre.

Tous ces actes de trahison personnelle et publique qui, vus de l'extérieur, peuvent sembler pathétiques, pouvaient tous s'expliquer par cette folie qui s'empare des hommes politiques désireux de rester au pouvoir. Dans la situation humiliante où il se trouvait actuellement, cette capacité d'accommodmenet, acquise avec tant d'énergie et si étroitement centrée sur sa survie politique, ne lui était d'aucune utilité.

Très tôt après sa capture, il s'était rendu compte, beaucoup plus clairement que ses ravisseurs, que son gouvernement ne bougerait pas pour le faire libérer avant la date fixée par le Front. Céder aux exigences du Front, négocier pour lui sauver la vie, se dirent les ministres, affaiblirait le gouvernement aux yeux de la population, qui les estimerait inaptes à gouverner, sauf pour le ministre qui sortirait de toute l'affaire en héros et constituerait une menace au leadership politique du parti. Ce serait plus utile si le gouvernement le laissait mourir. Il mourrait en martyr et le Front serait réduit aux yeux de la société à rien d'autre qu'une bande de gangsters barbares, de psychopathes politiques.

Et ses ravisseurs, ceux qui auparavant n'avaient jamais détenu aucun pouvoir, étaient en plein désarroi, pris au dépourvu par la tournure des événements. Ils n'étaient pas prêts à traiter avec un être humain souffrant d'une forte désintégration de personnalité, un homme qui les implorait de le libérer, qui refusait de jouer le rôle qu'ils attendaient de lui. Ils prévoyaient de l'arrogance, de la colère, l'occasion de débattre leurs vertus morales et peut-être même de démontrer leur comportement à principes. (Lénine: «Vous

devez pouvoir séparer un homme de ses idées.»)
Exécuter un ennemi du peuple non repentant
était acceptable, du moins en théorie, mais tuer
un être humain brisé...

À quel moment se sont-ils demandés: «Si
nous le tuons, nous sommes des monstres; si
nous le libérons, quelqu'un va-t-il nous prendre
au sérieux?» À quel point 'quelqu'un s'est-il dit:
«Si nous ne le tuons pas, ils vont le faire?»

Le Colonel avait déjà tout compris.

. . . *voilà ce qu'est l'écriture au roman. Sa tâche consiste à mettre le masque*
en place et à le signaler en même temps.

Roland Barthes
Le Degré zéro de l'écriture

«Stern!... Stern!...» C'est Ledman qui frappe impatiemment à la porte de l'appartement de Varley. Stern enfile son pantalon à la hâte et ouvre la porte à Ledman tout souriant.

— Viens, l'étalon, je t'emmène déjeuner dans un lieu de prédilection.

— D'accord, entre pendant que je m'habille. Comment va l'espionnage, quoi de neuf à propos des otages?

— Pour citer votre Premier ministre, tout se déroule tel que prévu.

Ledman regarde les draps froissés, la bouteille vide de vin blanc et les deux verres à vin de la veille, les menus articles de vêtements de Varley — qui traînent là où elles les a laissés tomber dans sa course folle du matin pour s'apprêter à partir au bureau.

— Dis donc... tu es tombé dans un vrai petit nid d'amour, mon vieux Stern. A vrai dire, je commence à m'inquiéter à ton sujet.

Stern, dans la petite salle de bains donnant sur la chambre, règle le miroir de l'armoire à pharmacie au-dessus du lavabo pour jeter un oeil sur Ledman, perché sur le lit.

— Tu as beaucoup trop de choses à voir pour penser à moi, Ledman. Stern prend tout son temps pour se laver le visage, mais n'en néglige pas moins de surveiller Ledman dans le miroir.

— Ledman, qu'est-il arrivé à votre petite amie, celle qui est censée habiter là-haut?

— Elle m'a sans doute oublié. Et puis, seuls les civils comme vous peuvent se permettre de céder aux faiblesses de la chair. Quant à moi, mon désir sexuel s'est transformé en désir de sommeil. Mon organisme l'exige, mon esprit s'y plonge.

— Comment se fait-il alors que tu aies les yeux brillants et l'air tout guilleret?

— L'habitude, mon ami! Je me lève tôt par habitude. Et puis, à présent que tu tiens compagnie à *Superwoman*, quelqu'un doit veiller à ce que tu manges tes céréales.

Derrière ce badinage, Stern regarde Ledman prendre et examiner avec intérêt le rapport de Centaure que Stern a machinalement éparpillé sur le lit. Ne se sachant pas observé, Ledman se met à le feuilleter.

— Je crains que Varley ne fasse faiblir ta résolution.

— Ce sont mes genoux qui s'affaiblissent.

Ledman remet soigneusement le rapport à l'endroit où il l'a pris.

— Allons, Stern, ne prends pas la peine de te raser, tu es parfait comme ça.

— Je ne veux pas qu'on me prenne pour un membre du Front, désespéré et en fuite.

— Ne t'inquiètes pas, tu parles si mal le français. Tout ce qu'ils peuvent te faire c'est de te condamner à un cours de français chez Berlitz.

Dehors, le froid assène à Stern un véritable coup. Il le sent pénétrer par son nez et sa bouche. Les nerfs de sa nuque se raidissent sous le vent glacial. Il réfléchit au genre de stoïcisme que les extrêmes de température engendrent chez les gens. La chaleur tropicale du Viet-nam est-elle aussi exaspérante que le froid de l'hiver canadien? Sans avoir pris le temps de réfléchir plus longuement à la question, il se retrouve dans la Renault de Ledman qui maugrée après son appareil de chauffage inefficace.

— Bon Dieu qu'il fait froid!

— Ledman, tu devrais installer le chauffage au gaz dans cette glacière avant de perdre plus que tes orteils à cause du gel. Où allons-nous, de toute façon?

— Dans un endroit chic, je te promets que ça va te plaire.

Ledman se fraie un chemin dans la circulation dense de Montréal, la main gauche sur le volant. Dans sa main droite gantée, appuyée sur le changement de vitesses, il tient solidement un grattoir à glace en plastique rouge. Chaque fois qu'il en a l'occasion, il gratte le givre qui se forme à l'intérieur du pare-brise, ce qui a pour résultat d'asperger chaque fois leur visage et leur vêtements d'une pluie de glace fine.

— Stern, sais-tu en quoi consiste une opération

de diversion?

— Je devine.

— Idéalement, c'est quand A distrait B en lui fournissant de l'information pour pouvoir l'écarter de sa route afin de faire autre chose.

(Stern, extrait des bandes: «Qu'est-ce que Ledman essaie de me dire — que Varley me tend la perche avec de fausses informations ou que les renseignements sont faux et que Varley me les a transmis sans arrière-pensée?»)

— Pourquoi ne dis-tu pas tout de suite qu'il s'agit de brouiller les pistes?

— Ça fait trop subversif. L'image fait tout dans notre métier.

— À quoi ressemble Le Colonel?

— Il croit fermement à la lutte contre le communisme, contre la conspiration marxiste internationale, contre l'homosexualité, contre l'égalité de la femme, contre les syndicats et contre le Québec indépendant; pas nécessairement dans cet ordre.

— Pourtant, j'ai cru comprendre qu'il était fier d'être francophone.

— Oui, il est parfaitement bilingue, né de père français et d'une mère anglo-américaine de Boston. Une bonne famille, une bonne éducation — l'Université de Montréal, Jean-de-Brébeuf, deux ans à Princeton. Ça n'a pas semblé le libéraliser pour autant. Il déteste les politiciens et les avocats. Son dicton favori: «Les politiciens n'ont pas de règles, et les avocats sont là pour les contourner». J'ai ma théorie personnelle à propos des hommes comme Le Colonel. Je crois que quand ils voient l'ambivalence de la société ou des gens, ils ont une peur bleue, car ils sont tout à fait incapables de concilier l'ambivalence des pensées et des émotions qu'ils gardent prisonnières en eux-mêmes. La permissivité les terrifie. Ils se créent des rôles durs dans lesquels ils peuvent se blinder comme dans une armure. Dans la haute société, on qualifie ce comportement d'agressif, signe d'aptitude au métier de chef et on le récompense. Aux échelons inférieurs de la société, on qualifie généralement ce comportement d'antisocial et de psychopathe; il donne souvent droit à quelques années à l'ombre.

— C'est du déjà vu, ça ressemble à tous les colonels que nous avons connus au Viet-nam.

— C'est juste, et ils éprouvent la même passion pour la technologie, l'utilisation de tous les jouets, de tout le matériel imaginable.

— Avec quoi joue Le Colonel?

— Il adore la surveillance électronique. Il fait appel aux équipes d'inspection technique militaires du Canada (L'auteur: Les équipes d'inspection technique s'occupent de toute l'écoute électronique pour le Ministère de la Production des Renseignements, CAF. Leur quartier général est à Tunney's Pasture à Ottawa.) En fait, ils font plus d'écoute que les Services de sécurité et n'ont pas à se préoccuper des procédures légales avant de mettre leurs appareils en place.

— Vous voulez dire que les militaires canadiens espionnent les civils?

— Bien sûr. Je pense que tout a commencé au moment de la mise sur pied d'un programme qui visait les attachés militaires soviétiques. Ensuite, les choses ont débordé.

— Jusqu'à quel point?

— Il semble que votre Premier ministre n'avait pas trop confiance aux Services de sécurité de la GRC. La Production des renseignements a senti cette réticence ou bien a eu sa bénédiction, ce qui fait que les machinations du Colonel leur ont permis d'amorcer un programme d'action à l'échelle nationale.

— À quel point est-il étendu?

— Les rapports que j'ai lus semblent indiquer que tout le monde, à partir de vos députés jusqu'à vos bureaucrates et journalistes, fait l'objet d'écoute électronique. Au Québec, bien sûr, tous ceux qui jouent un certain rôle en politique et les syndicats, surtout les syndicats indépendants. La plupart des syndicats anglophones internationaux n'ont pas trop à s'inquiéter.

— Pourquoi?

— Depuis un certain temps — il faut accorder du crédit à la Compagnie pour ça, car c'est nous qui avons prôné la chose, la plupart des grands syndicats ont un comité de liaison qui rencontre régulièrement les représentants des services secrets pour discuter des radicaux au sein de leur syndicat.

— Tu veux dire que les bureaux des syndicats donnent leurs propres membres.

— N'aie pas l'air si choqué. C'est un arrangement qui a du bon pour les deux parties. Certains chefs syndicaux ont eu recours aux dossiers de la GRC pour entacher la réputation de ceux qui convoitaient leurs postes et pour les isoler.

Stern enlève ses gants et souffle sur ses doigts pour les réchauffer.

— Le Colonel s'occupe-t-il à autre chose, à part l'écoute électronique?

— Bien sûr. Son projet favori, ces temps-ci, porte le titre de «programme d'incitation à l'élimination» — c'est un euphémisme pour qualifier un plan d'assassinat des principaux membres du Front. Mon chef m'a amené au centre d'opérations du Colonel (L'auteur: Unité spéciale d'investigation). Laisse-moi te dire que la surveillance y est serrée. Il serait plus facile de pénétrer dans la salle du conseil de NORAD. À ce centre, ils ont de grandes photos des gens du Front collées au mur, des cibles sont dessinées sur leur front et même sur leur coeur. Les photos se trouvent dans un bureau affecté aux détachements spéciaux d'enquête au Québec. (L'auteur: voir le schéma manuscrit de Ledman à la fin du livre.)

— J'ai peine à croire que le Premier ministre ne fasse pas confiance aux Services de sécurité.

— Tout le monde sait depuis un certain temps, ou du moins on soupçonne dans le monde de l'espionnage, que les Services de sécurité sont «malades». (L'auteur: terme utilisé pour décrire l'état d'un organisme de renseignements noyauté et manipulé par un officier de contre-espionnage ennemi) On dit que les Services de sécurité sont infiltrés par quelqu'un du KGB. Donc, personne ne leur en dit trop long. Il paraît que c'est la principale raison pour laquelle vous, les Canadiens, n'avez pas encore pris de véritable espion, un «illégal» (L'auteur: un agent d'espionnage qui travaille sous une couverture par opposition à un agent secret accrédité auprès d'une ambassade étrangère) depuis la fin de la deuxième guerre mondiale.

Ledman lance un juron et pompe rapidement les freins. Il tourne rapidement le volant pour éviter de justesse une voiture dont le chauffeur a perdu la maîtrise dans la rue couverte de glace. Il rit nerveusement: «Dis donc, Stern, ce serait vachement idiot de survivre à un mariage, à la guerre au Viet-nam et à la CIA, pour finir par se faire avoir dans une rue de Montréal par un imbécile qui ne sait pas conduire?».

Stern n'a entendu Ledman qu'à moitié, fasciné qu'il était par cette découverte du monde de l'espionnage épluché devant lui comme un oignon. Poliment, il murmure:
— Je ne savais pas que tu avais été marié, qu'est-ce qui n'a pas marché?
— Pour ma femme, manger et faire l'amour c'étaient deux choses dont il fallait se débarrasser le plus vite possible.
— C'est dommage que tu ne t'en sois pas rendu compte avant de l'épouser.

Ledman jeta un regard rapide du coin de l'oeil sur son passager.
— Diable, Stern... il y a des jours où tu es vraiment stupide.

Stern s'excusa de son accroc à la sensibilité de Ledman et ramena la conversation sur un terrain moins glissant.
— Le Colonel fait-il confiance à la CIA? Tu dis

que la Compagnie lui a tout appris.

— Il formule beaucoup de réserve. En fait, nos rapports sont assez froids depuis qu'on a essayé de lui jouer un tour. Il y a environ un an et demi, à une réception organisée autour d'une piscine pour le Premier ministre, on s'est arrangé pour que quelqu'un lui présente une splendide européenne. Avant d'être avec nous, elle était agent du STB. Tout a bien marché entre eux pendant un certain temps. Ils sont allés en voyage ensemble, mais un gars du M16, au courant de toute l'affaire et qui n'était pas d'accord avec ce procédé, a mis un diplomate britannique au courant. Ce dernier en a glissé un mot au Premier ministre. Naturellement, ça l'a refroidi et il a coupé court immédiatement à l'affaire. Heureusement qu'il n'y a jamais eu de publicité là-dessus, pas un mot. Bien sûr, tout cela est venu aux oreilles du Colonel et il semble que le chef essaie de se racheter à ses yeux depuis.

— Et Le Colonel, qui souhaiterait-il avoir comme chef?

— C'est une bonne question. Je pense qu'il a une théorie de mystique; le sort du pays est entre les mains d'hommes comme lui, dévots, patriotes, dévoués à leurs familles, qui parlent directement à Dieu.

— Ça exclut le Premier ministre, sans doute.

— Oui, c'est tout à fait remarquable. Tous les services secrets canadiens semblent le mépriser. J'étais un jour dans une classe à l'école de sécurité et de renseignements des Forces Canadiennes au

Camp Borden. Le Colonel s'adressait aux hommes qui, pour la plupart, étaient de jeunes officiers des services secrets militaires. Il leur a longuement exposé les antécédents du Premier ministre, sa jeunesse vécue dans l'opulence et la complaisance, sa prise de position contre la conscription durant la Deuxième Grande Guerre, ses voyages en Chine, ses flirts avec les syndicats et la gauche. Le Colonel a même été jusqu'à décrire ce qu'il qualifiait d'ambiguïté sexuelle du Premier ministre. Tout au long de son exposé, Le Colonel demandait: «Feriez-vous confiance à cet homme comme chef dans une crise nationale?».

— Tu veux dire qu'il a fait directement allusion au Premier ministre?

— Non, mais tout le monde savait bien de qui Le Colonel parlait.

— Comment les officiers de renseignements ont-ils pris la chose?

— Ils étaient tous très jeunes, des recrues, je pense, mais ils ont ovationné Le Colonel à la fin de son exposé. Ils semblaient le trouver formidable.

— Ça ressemble à une conspiration séditieuse.

— Ici, je ne sais pas, mais aux États-Unis ça le serait.

— Le Colonel pourrait-il organiser un coup d'état dans ce pays?

— Un jour comme celui-ci, murmura Ledman, il aurait pu réussir. Sérieusement, non! du moins pas sans l'appui des États-Unis. Il n'est pas assez intelligent, mais il est dangereux. Je suis convaincu qu'il est bien capable de lancer le pays dans une crise nationale. Lui et quelques autres.

— Pourquoi, pour voir s'ils pourraient utiliser cette crise pour se débarrasser du Premier ministre?

— Peut-être, le coincer pour voir comment il se défendrait.

— Je suis certain que la CIA sait à peu près comment le Premier ministre réagirait.

— Oui, j'ai lu le dossier du Premier ministre. on a tracé de lui un profil psychologique plutôt détaillé. On a une assez bonne idée de ce qu'il ferait.

— Et...?

— Il battrait Le Colonel à son propre jeu. Il finirait par être encore plus «emmerdeur». Ledman stationne finalement la voiture sur un terrain du centre-ville et ils remontent la rue de la Montagne. Juste avant qu'ils n'entrent dans un petit café, au rez-de-chaussée, Ledman prend fermement Stern par le coude.

— Nous allons rencontrer quelqu'un, ici. Ne parle pas. Laisse-moi faire. Tu es censé travailler avec moi.

Avant que Stern n'ait eu le temps d'ouvrir la bouche, Ledman le pousse pour lui faire franchir la porte. Ils entrent dans un café au plafond bas où tout rappelle l'Europe de l'Est; l'omniprésente machine espresso, des tables et des chaises branlantes éparpillées sur un plancher de tuiles brillantes, une porte étroite visiblement ajoutée après coup, portant l'inscription *Toilette*, de laquelle s'échappent de vagues bouffées de désinfectant. Une serveuse, d'un certain âge, portant des bandages aux chevilles, l'air las, est assise devant une tasse de café, une cigarette aux lèvres.

Ledman se dirige vers une table le long du mur, à laquelle est déjà assis un homme trapu, aux cheveux noirs ondulés, Ledman présente Stern sous le nom de Sam et l'autre homme sous le nom de René.

Après quelques minutes de conversation en anglais, Stern se rend compte qu'il s'agit là du contact de Ledman au SDECE, l'organisation de renseignements française, l'arme qu'utilisait de Gaulle contre la CIA et la politique étrangère américaine. René se retourne vers Stern, «Comment trouvez-vous le Québec?».

Stern sourit, hausse les épaules. «Deux cents arpents de neige.» Il a bien répondu. Le Français sourit. Bienvenue en Sibérie, mon frère d'exil. Je suis moi-même un enfant de la Méditerranée.

Il se retourne à nouveau vers Ledman et ils échangent quelques mots sur les enlèvements. Rien de neuf, sauf que René est au courant d'une rencontre du Canard avec «l'homme d'affaires de St-Léonard». Stern est perplexe, mais se rappelle la mise en garde de Ledman et se tait. Pendant que René traverse le café pour se rendre aux toilettes, il demande à Ledman:

— Qui est le Canard?

— Oh . . .c'est le surnom qu'il donne au Colonel, à cause de la façon dont il marche. Je pense qu'il a les pieds plats, un affaissement de la voûte plantaire ou quelque chose du genre.

— Et l'homme d'affaires de St-Léonard?

— La pègre.

René revient, commande un autre espresso à la mélancolique serveuse hongroise. C'est au tour de Ledman de donner en échange un peu d'information. Le Colonel, semble-t-il, a un homme de main, un ancien officier d'infanterie que Le Colonel garde au frais à Hull, à un poste gouvernemental anonyme.

— Je ne sais pas si l'on s'est déjà servi de lui, dit Ledman, mais il est fin prêt. Nous avons une femme qui a passé quelques nuits avec lui. Il paraît que son appartement est un arsenal bourré d'armes légères. Sa valise est toujours prête. Un vrai zélé.

Ledman fait glisser un bout de papier sur la table, en direction de René. C'est l'adresse de Hull. René la ramasse et donne deux bribes d'information. Il dépose sur la table deux photos, format passeport, de deux caucasiens dont la tête est entourée d'une kafiyah, la coiffure du Moyen-Orient que portent les soldats du Front de Libération de la Palestine.

— Je n'ai pas pu obtenir de renseignements sur ce Stern dont tu m'as parlé, dit René à Ledman. Sauf qu'il se trouve peut-être quelque part à Paris. Mais ces deux hommes pourront peut-être servir. Ils se font appeler Selim et Salem. Des membres du Front de Libération. Ils se sont entraînés avec l'OLP au Liban. C'est là que ces photos ont été prises. Je les ai obtenues par l'entremise d'un ami de MOSSAD à qui j'avais rendu service. Ces deux-là sont actuellement à Alger. Il y a un bureau du Front au 20 rue Dirah, dans le quartier d'Hydra. Ils se tiennent dans les hôtels et les cafés bon marché du quartier avec certains membres des Panthères Noires et des révolution-

197

naires d'Amérique latine. Je ne les connais pas et je crois savoir qu'ils ne sont pas tellement populaires auprès des révoluitonnaires plus sérieux, mais si vous voulez vous mettre en rapport avec eux, ils ont un ami qui me connaît. Il est réceptionniste au Hilton d'Alger. Voici son nom. Un autre bout de papier glisse sur la table. Si vous voulez lui parler, dites-lui que vous êtes un ami de René du Château Champlain. D'accord? Bonne chance.

Stern s'apprête à se lever, mais Ledman le retient. Il faut lui accorder les vingt minutes habituelles.

Ce n'est qu'après leur retour dans la Renault glaciale que Stern demande à Ledman:
— Pourquoi est-ce que deux gars du Front de Libération parleraient à quelqu'un qui a été l'ami d'un agent du SDECE?
— C'est simple, le SDECE verse de l'argent au Front depuis des années, surtout avant la mort de de Gaulle. Vas-tu y aller?
— Où ça?
— À Alger.
— Bien sûr.
— Bon, je vais me débrouiller pour t'avoir un visa dans quatre ou cinq jours.

«Qu'attendent-ils?» se demande le Britannique. Il est allongé sur le dos, un pied enchaîné à une étroite couchette en fer. «Ils sont là-haut depuis la deuxième semaine.» Bien avant les autres, il a remarqué la différence dans les bruits de routine. Au cours de la première semaine de son emprisonnement, il avait appris à écouter les bruits de la démarche traînante d'une personne âgée, se déplaçant avec difficulté dans l'appartement du dessus, la visite à la salle de bains à deux heures du matin. («Ça pouvait même servir à régler une montre — le vieil homme avait des ennuis avec ses reins.») Toute la nuit, on l'entendait se racler la gorge sèchement, par habitude.

Au cours des longues nuits sans sommeil de la première semaine, dans cette sombre pièce sans fenêtre, tandis qu'il luttait contre la panique et la claustrophobie, ces bruits étaient devenus les points de référence qui l'empêchaient de sombrer dans la folie et l'avaient poussé à décider de ne pas s'effondrer et d'entrer en relation avec ses ravisseurs. Puis, une nuit, les points de référence tournèrent en rond dans sa tête. Il n'avait pas entendu la chasse d'eau à deux heures du matin. Le plancher d'en haut craquait à un rythme différent. On entendait deux personnes et parfois trois. Les pas d'un homme lourd qui se déplaçait avec agilité. Puis, une démarche légère et rapide. On aurait dit celle d'une jeune femme. Moins souvent, tous les deux ou trois jours, et généralement l'après-midi, un homme aux pieds plats, marchant à pas feutrés. L'Anglais sentait la tension et l'hésitation de son pas. Cet homme était conscient de sa démarche gauche.

Un après-midi, alors que l'homme aux pieds plats se trouvait là, il entendit un léger grattement descendant à l'intérieur du mur. Il ne comprit pas tout de suite, puis il aperçut la petite grille d'évent de l'air chaud. Il était aux anges. Ils descendaient sans doute un microphone à l'intérieur des murs, jusqu'à la bouche d'air. Il se rendit compte qu'il devait leur signaler sa présence. Les hommes étaient sortis et avaient laissé la femme pour le surveiller. Elle était dans la pièce avant, en train de regarder la télévision. Il essaya de siffler doucement *Rule Britannia* mais ses lèvres étaient desséchées et les vers de mirliton de ses années d'école lui trottaient dans la tête: «. . . rules the waves, and Britons never never/shall be married/to mermaids/at the bottom of the deep blue sea».

Il décida d'appeler pour attirer son attention. De tous ses ravisseurs, elle était la pire. Elle l'humiliait, le traitait avec une malveillante irritation, comme s'il était l'enfant d'une étrangère dont on lui avait subitement confié la garde malgré elle. Il préféra faire semblant de ne pas la voir et n'adresser ses demandes qu'aux hommes. Mais il se dit qu'ils attendaient là-haut pour savoir s'il était là, bien vivant et détenu dans quelles circonstances. Il était débordé de joie à la pensée d'être libéré. C'était maintenant cette jeune femme et ses compagnons qui étaient les prisonniers. Il prit un ton autoritaire, à la façon britannique, et lança pour qu'elle entende au bout du corridor:

— Dites . . .dites donc là-bas . . .

Avec peu d'enthousiasme, elle se montra dans la porte, de mauvaise humeur, et s'appuya contre le montant.

— Qu'est-ce que vous voulez?

Parlant lentement et avec concision, il dit:

— Je veux que vous déverrouilliez cette chaîne pour que je puisse aller à la salle de bains.

— Les autres seront là bientôt, vous pouvez attendre, dit-elle et retourna voir son film à la télévision.

— Vous ne devriez pas tant regarder la télévision lança-t-il dans son dos, abandonnant la mine officielle de réticence adoptée depuis sa capture. Ça fait engraisser.

Ces paroles avaient été échangées il y a dix jours. Depuis, ils avaient dû apprendre tout ce qu'ils souhaitaient sur sa vie de prisonnier. «Qu'attendaient-ils donc . . .»

Varley et Stern ont créé leur monde à eux dans un coin du Café Chez Martin. Ils ont fini leur repas et bien entamé leur deuxième bouteille de vin, un Sauterne 67, Château de Rayne Vigneault. (Stern, qui ne connaît rien aux vins et ne s'intéresse nullement à devenir un connaisseur, est tout à fait charmé par l'expertise de Varley — le Sauterne fut précédé d'un coq au vin et d'un Chablis 67, premier coup Vaillon.)

— Mon père, dit Varley qui parle rarement de sa famille, insistait pour que ses enfants sachent ces choses. Et toi, Stern, que t'a enseigné ton père?

— Sans le faire exprès, il m'a inculqué le désir irrésistible de vivre ma propre vie.

— C'est pourquoi tu persistes à vouloir te lancer dans cette absurde aventure pour trouver ton sosie?

— J'y ai réfléchi et les motifs sont tellement simples que je suis presque gêné de t'en parler.

— Essaie ...dit-elle d'un ton encourageant.

— J'ai l'impression qu'aussi longtemps qu'il sera

là, à utiliser mon nom et mon identité, je ne serai jamais véritablement libre.

— Pourquoi es-tu si certain qu'il se sert de *ton* identité, comme tu dis?

— Je ne crois pas aux coïncidences.

— En quoi cela aurait-il affecté ta liberté, si tu n'avais jamais appris son existence?

— Ça n'aurait rien changé, mais maintenant je suis au courant.

— Et si tu le trouves, qu'arrivera-t-il?

— Je ne sais pas ce qui va se passer. Je pense qu'une fois face à face nous pourrons parler. Il me dira pourquoi il a usurpé mon identité et ça me soulagera de mon obsession.

— Tu veux savoir ce que je pense, Stern? Un des «petits génies» du Colonel a probablement alimenté l'ordinateur avec quelques faits physiques, appuyé sur un bouton, et vlan! la réponse théologique est arrivée: «Stern, Stern, Stern» ont clignoté les lampes. Quand des renseignements ultérieurs ont révélé que tu étais photographe au Viet-nam — avec peu de chance d'en revenir vivant — ton double a assumé ton identité sans plus s'en faire.

— Peut-être. Quand j'arriverai à le rattraper, je te dirai si ta théorie était valable. Tu sais, ce qui me fascine, c'est de connaître sa véritable identité et ses origines.

— Pourquoi est-ce que tu ne peux pas en rire tout simplement, comme d'une mauvaise blague?

— Sans doute parce que je ne suis pas prêt.

— Pourquoi?

— Il me faudrait pour cela assumer une position morale supérieure. Et même si je peux prendre mes distances avec des gens comme mon sosie et son patron Le Colonel, à cause de ce qu'ils font aux gens, ce ne sont que des hommes. Nous sommes de la même espèce.

— Stern, pourquoi n'arrives-tu pas à comprendre que Le Colonel est mû à une vitesse tout à fait différente de la nôtre. Il est tellement motivé par la folie et la destruction que tu peux le considérer comme faisant partie d'une autre espèce.

— Non, il n'est qu'une autre victime.

— De quoi?

— De tout ce qui est bizarre et laid à propos de 1970.

Varley regarde longuement Stern. Ses yeux reflètent une expression de frustration et de stupéfaction. «Et bien, que Dieu te vienne en aide», marmonne-t-elle. Quelques minutes plus tard, elle lui tend une enveloppe en disant d'un ton détaché: «Voici d'autres notes à l'intention de ton livre sur Centaure».

Ils finissent le Sauterne et retrouvent leur état d'esprit du dîner. Varley le regarde avec beaucoup d'affection.

— Tu n'existes pas réellement, Stern.

— C'est parce que la réalité n'est jamais belle.

— Stern, on devrait rentrer à la maison et je te laisserai assumer une position immoralement supérieure à moi.

Stern est étrangement transporté de joie: la promesse de mouvement, d'une destination, Alger, d'un lieu d'arrivée, lui fait réaliser à quel point il est devenu dépendant de Ledman et de Varley pour interpréter l'information et analyser les événements qui se déroulent dans la ville. Leur adresse et leur paranoïa manifestes (Ledman à l'auteur: «Je l'avais prévenu de ne pas dire à Varley qu'il allait à Alger.») le mettent de plus en plus mal à l'aise. Stern comprend que c'est là leur rôle dans la vie: condenser, compartimenter, dégager les événements de leur contexte, les gens de leur rôle et les agencer selon un modèle arbitraire. (Ledman à nouveau: «Après tout, voilà où se situe la folie de tous les organismes de renseignements. Ils pensent qu'à l'aide de résumés commodes, de rapports et de manipulations, ils peuvent en quelque sorte donner aux événements la forme qu'ils souhaitent, mouler l'avenir à leur gré, rassurer leurs comités de sécurité en leur affirmant qu'ils dominent la situation quand, en réalité, ils ne font que traiter les résidus, les sédiments d'activités humaines très complexes.»)

Le sentiment de malaise de Stern se rattache directement à sa façon de voir les choses et de les percevoir ...(Stern, extrait des bandes: «Varley, Ledman, René, même les personnages qui ressortent des rapports secrets que Varley me transmet, Le Colonel, Centaure, Morissette, Lamontagne, m'apparaissent tous un peu flous. C'est comme si mon objectif était centré sur des images douces, embrouillées, prises avec un film sur lequel la lumière s'est infiltrée accidentellement.»)

Pour la première fois, Stern a l'impression d'être rendu plus loin que les personnages du paysage qu'il traverse, d'avoir atteint, dans son esprit, un point d'où il peut mieux les observer, mieux comprendre la seule émotion qui domine leur existence: leur sentiment envahissant de trahison. (Ledman: «La vie? La vie se fout de celui qui la vit.»)

Cette nuit-là, Stern se rapproche soudain de Varley, mû par un sentiment qu'il n'a jamais ressenti auparavant. C'est comme s'il sentait, plus qu'il ne comprenait, la mauvaise foi sousjacente à leur connaissance l'un de l'autre. Cette nuit, quand il la retourne dans ses bras, il n'est plus poussé par l'intensité, la soif ardente qu'il ressentait chaque fois qu'ils s'élançaient l'un vers l'autre. Stern s'étonne de se sentir envahi par un immense sentiment de douceur, une émotion qui ralentit ses mouvements mais donne énormément de force omnisciente à son corps.

Varley, surprise, commence par résister, se bat avec lui et succombe graduellement. Ses cris aigus se transforment en murmures voilés, les gémissements profonds de la lutte sexuelle se fondent en doux chuchotements. Ensemble, ils plongent dans une aura spontanée de volupté croissante qui couvre leurs yeux, entre dans leur bouche, enveloppe leurs corps, remplit les espaces de la pièce comme une musique lointaine. Leurs corps flottent, enlacés, dans des eaux où s'infiltre le soleil. Dans cette mer d'émotions, ils parviennent au calme profond et explorent mutuellement leur corps comme des enfants curieux sur une plage ensoleillée. «Non, je t'en prie, ici ahhh ...» Varley soupire longuement, Stern lui murmure des questions, Varley chuchote des réponses secrètes. «Étrange? ...non, différent, pas aussi désespéré que les autres fois ...» Ils continuent de voguer jusqu'à ce que les vagues les reprennent pour retourner à nouveau leurs corps. Stern tient Varley, elle flotte contre lui, il entoure ses hanches d'une main et caresse ses cheveux de l'autre. De ses doigts, il essuie les larmes qui coulent silencieusement sur les joues de Varley. Elle pleure sans bruit, inconsolable, des larmes de joie. Finalement, les ondes les reprennent une dernière fois et ils glissent dans l'ombre sans but, dans ...

Au matin, ils sont ensemble, leurs corps toujours enlacés. Stern se réveille le premier d'un sommeil sans rêve. Il attend, sans bouger, que Varley ouvre les yeux. Il s'émerveille à la beauté des formes de leurs corps l'un contre l'autre. La chair et l'espace bougent, soutenus mutuellement. Clic! ...dans la douce lumière du matin, l'esprit de Stern enregistre une image, emprisonne le chant de la peau foncée de Varley contre le gros muscle blanc de sa cuisse à lui. Varley ouvre lentement les yeux, ses cils vibrent. Hési-

210

tant, son esprit veut retourner aux chaudes profondeurs qui les retenaient. Pendant de longues minutes, elle regarde Stern, sans expression. («Les hommes, lui avait-elle dit quelques jours plus tôt, sont comme des paysages. Je me sens contrainte de les explorer, de marcher autour d'eux, de leur faire l'amour, quand je vois leur corps à différentes heures du jour sous une lumière différente. Même alors, ils restent mystérieux pour moi.») Puis, sans avertissement, brusquement et avec colère, elle s'écarte de lui. Silencieusement et d'un air maussade qu'il ne lui a jamais vu, Varley prend une douche et s'habille pour aller travailler.

Ils se retrouvent au salon. Elle est plus calme, se maîtrise mieux et se comporte d'une façon plus conforme à ses habitudes et à la personnalité que connaît Stern. Calmement, elle lui dit: «C'est fini, Stern, je ne me laisserai pas faire. Je refuse qu'un homme ait cette sorte de pouvoir sur moi».

Stern demande des explications.

Varley sourit. (Ce sourire dévastateur qui était le sien et qu'à mon avis elle utilisait pour masquer sa propre douleur et la compréhension ironique qu'elle avait d'elle-même. Tiré d'une lettre de Stern à Ledman.)

— Jusqu'à hier soir, explique-t-elle, ce n'était que du sport, de l'amour physique.

— Et maintenant?

— À présent, tu en sais trop long sur moi.

— Que souhaitais-tu, que je reste toujours un étranger?

— Franchement, oui.

— Je pense que tu as peur de l'intimité et de la dépendance qu'elle engendre.

— Non, Stern, c'est tout simplement que si tu n'es plus un étranger pour moi, si tu en sais plus long sur moi que je ne veux t'en dire, tu peux me révéler à moi-même ma nature inconnue mais réalisable.

— Est-ce le message que je t'ai transmis, en mystérieux étranger?

— Oui.

— Et l'information que nous avons partagée hier soir, la barrière qui a été brisée entre toi et moi?

— Tu es réduit à représenter tous les hommes que je ne peux connaître et qui ne peuvent me connaître.

Stern comprend maintenant Varley. Il voit la femme victime du mythe de la puissance masculine. Mais cette information ne peut être transmise nulle part — elle n'a pas sa place dans la vie de Varley. Elle travaille à bâtir son propre équilibre et sa propre vengeance. Reconnaissant ce qui s'est passé entre eux, Stern se sent diminué. Le tranchant émoussé de sa colère est inutile.

— Tu sais qu'il y a là une contradiction, Varley. Une contradiction et un mythe qui remontent aux dieux grecs assumant la forme des taureaux ou des vagues de l'océan pour faire l'amour aux femmes mortelles et les libérer de la crainte de leur propre vie.

— Oui, c'est vrai. Mais tu ne comprends pas où est la contradiction, Stern. C'est que nous, les femmes, avons probablement inventé ce mythe à nos propres fins. Ça finit par devenir le mythe qui alimente mes propres dieux érotiques.

Sur ce, elle part.

Qui est ce personnage mystérieux, Le Colonel? Que représente-t-il? Sa signification, sa fonction est peut-être plus profonde, plus ancienne («Quelque chose, chez l'homme, l'incline profondément à ne pas renoncer à ses origines millénaires et, par ailleurs, quelque chose d'autre lui fait croire qu'il a dépassé ce stade.» — Jung) que ne laisse croire Varley dans sa description plutôt simple de l'homme «mû à une vitesse totalement différente» et «motivé par la folie et la destruction».

L'auteur a tenté de questionner Ledman sur la perception qu'il avait des espions. Mais le sujet lui semble trop pénible à aborder et il a commencé par l'éviter en répliquant: «La plupart des gens ne se rendent pas compte qu'on n'entre dans le monde de l'espionnage pas plus par hasard que mon frère n'est devenu comptable.» Où se situe donc la perception du moi dans tout ceci?

L'auteur a passé plus de temps qu'il ne veut bien l'avouer en compagnie de divers agents secrets, d'espions et d'informateurs de police. Tôt ou tard, il tentait, par des moyens discrets, de savoir pourquoi ils faisaient ce métier-là et s'ils percevaient que leur comportement, sophistiqué ou détaché, restait toujours un acte de trahison humaine de quelque côté qu'ils soient. Bien sûr, on peut rarement formuler la question en utilisant de tels termes. La plupart du temps, voici comment se déroule la conversation:

— Je suppose que la plupart des gens estiment que vous menez une vie passionnante?

— Oui, vous répondra l'interlocuteur, un rire dans la voix.

— Et vous, qu'en pensez-vous?

— C'est comme tout le reste, excitant au début. Maintenant, c'est un gagne-pain.

Ça n'éclaire pas beaucoup le sujet de la trahison. Lorsqu'on va au-delà de ces réponses insatisfaisantes, ils donnent des réponses évasives. Prenons la réponse de Ledman, par exemple.

Dans toute la littérature non romanesque sur l'espionnage à partir des autobiographies prudentes de Kim Philby jusqu'aux confessions plus mondaines d'Alexander Foote dans son *Hankbook for Spies* — la politique et l'argent sont censés être les agents de motivation qui poussent l'espion à trahir non seulement ce vague cliché patriotique connu sous le nom de «pays», mais aussi sa classe sociale, sa famille, ses collègues et ses groupes d'amis les plus intimes.

Quand on y regarde de plus près, ces éléments incitatifs qu'on prétend être la politique et l'argent ne semblent être qu'une rationalisation. En effet, il est fort difficile d'accepter le fait qu'un homme aussi intelligent que Kim Philby ne se soit pas ouvert les yeux devant la maladresse avec laquelle on utilisait, négligeait ou manipulait les renseignements qu'il fournissait, même au sein des services secrets où les officiers supérieurs ne s'intéressaient qu'à la politique bureaucratique. À l'instar de nombreux espions, il n'était pas non plus isolé du reste du monde. Journaliste du Sunday Times britannique, il avait constamment accès à des informations de toutes les tendances et entretenait des rapports avec des socialistes intelligents et informés qui critiquaient en profondeur le communisme sous Staline en Union Soviétique. Face à de telles contradictions, seul un fanatique aveugle pouvait travailler pendant tant d'années en se fondant uniquement sur sa foi politique. Il est difficile, compte tenu des faits, de considérer Philby comme un fanatique. D'autres observateurs prétendent que Philby, et ceci s'applique aussi à la plupart des espions, était engagé trop à fond et ne pouvait plus s'en sortir. Cela n'est pas tout à fait vrai. Les espions réapparaissent, changent d'allégeance, passent d'un clan à l'autre, «viennent du froid»... tous les jours. Après le compte rendu de fin de mission, ils ne sont pas forcés de continuer à jouer le jeu. Sur le plan pratique, lorsqu'ils sont identifiés et que les gens sont au courant de leur couverture, ils présentent de gros risques pour tout organisme qui les emploie.

«Ce qui distinguait Philby des autres déviants politiques, les vénaux, les indiscrets, les désillusionnés, les faibles de chair ou d'esprit, de tout le ramassis d'après-guerre de défection et d'espionnage, c'est son effort pour nous faire reconnaître son identité morale.» Pourquoi? Parce qu'en bureaucrate tenace, il a survécu. Tous les faits semblent démontrer que Philby avait les aptitudes physiques et émotives nécessaires pour faire carrière dans l'espionnage. Le stress du rôle d'agent-double lui ruina la santé. Il consomma de grandes quantités d'alcool pour soulager les peines de sa vie personnelle, causées sans doute par les fantaisies de la profession qu'il avait choisie. Enfin, sur le plan intellectuel, il semble avoir été incapable de bloquer avec succès toutes les questions gênantes pour suivre la décision politique qu'il avait prise, celle de devenir communiste, au moment où, jeune homme, il manquait de maturité. Il semble n'avoir jamais eu la force de réévaluer sa prise de position politique et de la présenter au monde de façon à la situer dans son contexte historique. Où sont, dans tout ça, les considérations d'ordre moral?

Il doit exister une motivation plus profonde. Foote se rapproche beaucoup plus de la vérité lorsqu'il parle du mécontentement de sa jeunesse, de son désir de renouveau et d'aventures passionnantes qui l'ont conduit au Parti communiste en Grande-Bretagne et de là, à devenir espion britannique au service des Soviétiques. Ledman, dans un moment d'honnêteté, a confessé: «Je suppose que je voulais échapper à ce qui semblait être un avenir universitaire plutôt ennuyeux». Varley avait répondu à Stern qui lui avait demandé: «Pourquoi fais-tu ce genre de travail au Consulat des États-Unis?»

— Toutes mes compagnes de collège sont mariées et mères de quatre enfants ou elles se droguent à l'acide en Californie. L'une et l'autre de ces possibilités ne me tentent pas beaucoup.

Au premier abord, ces réponses semblent indirectes. Mais elles sont probablement plus vraies que les arguments qui parlent de politique et d'argent.

En réalité, la mystique du monde de l'espionnage est profondément ancrée dans une espèce d'existentialisme romantique latent chez les espions les plus méthodiques. Le Général Reinhard Gehlen devint conspirateur et espion pour échapper à la routine ennuyeuse et mortelle de la vie militaire allemande. Victor Marchetti écrit, dans sa préface du livre intitulé *The CIA and the Cult of Intelligence*, que même si ses premières tâches d'agent de renseignements militaires avaient «peu d'importance» il les trouvait «passionnantes». Et même plus tard, lorsqu'il avait quitté la CIA, il éprouvait de la difficulté au début à parler ouvertement, car il était «imbu de la mystique des activités d'espionnage». Dans le chapitre sur la «mentalité clandestine», on trouve la confession suivante: «la compagne de la passion du secret devient une obsession de la tromperie et de la manipulation».

Le Général Gehlen possède les mêmes qualités qui lui ont permis, à la fin de la guerre, de passer du poste d'officier en chef des services de renseignements d'Hitler dans l'Est, à celui de spécialiste de la CIA aux États-Unis sur l'Europe Centrale; emmenant avec lui ses dossiers intacts et son personnel qui n'a fait l'objet d'aucune purge. Ces deux thèmes, la recherche constante de sensations fortes et les aspects paranoïaques du secret et de la manipulation, caractérisent chaque espion qu'a rencontré l'auteur.

Ils trouvent la vie ennuyeuse et estiment que s'ils peuvent s'impliquer dans des situations, imposer des solutions, «faire arriver des choses», leur vie deviendra sans doute plus vraie et plus passionnante. Ce n'est pas tout à fait illusoire, car le métier d'espion comporte généralement la sanction d'une opération illégale. «La conviction que les lois de la société n'ont rien à voir avec les opérations des services secrets et ceux qui les mènent à bien est profondément ancrée dans la mentalité clandestine.»

Par contre, la perception qu'a le public de l'espion est encore plus complexe. Dans les romans et les films, l'espion personnifie le mythe du superintelligent ou du grand guerrier. En réalité, lorsque des commissions d'enquête contestent le mythe, la majorité ne veut pas entendre parler de la transgression des lois, de l'utilisation des souteneurs, des criminels et des informateurs, du chantage devant les faiblesses humaines. Pour la grande majorité des gens, l'espion est là pour les protéger du mal. L'auteur se souvient d'avoir pris la parole devant un auditoire de femmes de la classe moyenne sur l'urgente nécessité de traiter les membres des services secrets comme des citoyens ordinaires devant la loi. Une de ces bonnes dames, contrariée, se leva pour me demander: «Qu'est-ce que ça donne de poser de telles questions, de noircir le nom d'une institution . . .» les deux cents autres se mirent à applaudir. Or, ça s'est passé à une époque où les journaux faisaient des révélations quotidiennes sur le comportement criminel dans ce domaine. Comment expliquer qu'on tolère le comportement de l'espion?

Dans *Psychology of the Trickster Figure*, Carl Jung écrit que les naïfs croient que les aspects les plus noirs des personnes rusées ont réellement disparus ainsi que la «noirceur et le mal», quand elles sont assez rusées pour dissimuler leurs traces. Or, il s'agit là d'un acte de désillusion volontaire, car dans notre for intérieur, nous savons tous, tant que nous sommes, que la ruse existe, jusqu'au moment vulnérable où nous nous trouvons dans une situation «critique ou douteuse» et où nous avons besoin de connaître la ruse qui nous permettra de trahir ceux qui nous entourent. Il n'est pas surprenant que Le Colonel, comme l'a expliqué Varley, «croit en son propre mythe».

À cause de la façon informelle dont Stern a identifié ses renseignements sur les bandes, il est impossible de préciser le moment où se sont déroulés les événements qu'il relate, mais il semble qu'il ait eu une dernière rencontre avec l'Organisateur. Peut-être était-ce au cours des derniers jours qu'il a passés à Montréal en attendant que Ledman lui procure un visa pour l'Algérie. (Il est possible qu'au cours de cette période, il soit revenu rapidement à son appartement de Toronto pour emballer ses effets et les ranger dans des caisses au sous-sol de son appartement.) Il est certain que la deuxième information à propos d'une rencontre avec l'Organisateur constitue l'un de ses derniers enregistrements:

«Un seul billet pour le match de hockey arriva par taxi. À ce moment-là, je ne savais pas qui l'avait envoyé. Les Canadiens rencontraient les Leafs chez eux. Le fauteuil n'était pas mal mais le match plat. J'attendais qu'un de mes voisins entame la conversation, mais après une vingtaine de minutes, je me rendis compte qu'ils n'étaient que des gars ordinaires venus voir le match. À la fin du premier temps, je me demandais quoi faire. Tout le monde semblait se diriger vers les kiosques à rafraîchissements. Je me levai pour faire un tour d'horizon et découvris l'Organisateur assis tout juste derrière moi. Il me fit un signe de tête, comme si nous étions tous deux des habitués du Forum, et se mit à me parler du match. Il m'invita ensuite à m'asseoir à côté de lui dans le fauteuil vide.

Il semblait déprimé. Il m'apprit que le cabinet provincial s'était complètement effondré, que la majorité des ministres étaient hystériques. L'un d'eux, après avoir insisté pour que la police monte la garde auprès de sa mère 24 heures sur 24, s'était enfui à New York pour s'y cacher. Les amateurs de hockey commençaient à reprendre leurs places pour assister au deuxième temps, et il me fit signe de retourner à mon fauteuil. J'allais enjamber le dossier lorsqu'il se pencha vers moi et me murmura à l'oreille:

— Ils ont décidé de sacrifier LaPalme.
— Pourquoi? lui demandais-je.

Jamais je n'avais vu un sourire aussi amer.

— Pour la sécurité de l'état, répondit-il en haussant les épaules.

Quelques minutes après le début du deuxième temps, je remarquai que son fauteuil était vide. Il ne revint jamais.

Ledman, jouant le rôle du confident expansif, conduit Stern à l'aéroport. Il lui parle de la visite qu'il a faite le jour même à l'Entrepôt, le cent·e d'opérations camouflé dans une vieille partie c e la ville, mis sur pied par la police pour s'occuper des enlèvements du Front ou de *La Crise* comme on l'appelle à Montréal.

— Il y a de quoi rire. Tout le monde tourne en rond, jouant au superofficier de police: les Services de sécurité de la GRC, les Services de renseignements de Montréal, la Sûreté du Québec, un assortiment d'experts en tous genres. Ils ont même fait venir par avion à titre de «conseillers» un groupe de *pistoleros* de Buenos Aires et de Montevideo. Et, pour diriger toute l'affaire, ils ont une poignée d'avocats, imbus d'eux-mêmes, qui essaient de prendre la vedette à tour de rôle. Le plus drôle c'est que les forces policières n'échangent aucun renseignement entre elles.

— Mais je croyais qu'ils avaient mis sur pied une escouade anti-terroriste mixte, depuis un certain temps.

— Bien sûr, mais voyons, il ne se font pas confiance. Tu vois, chacun veut être le premier à mettre la main sur les otages.

— Comment s'en tire le médium?

— Quand j'étais là, cet après-midi, il n'arrêtait pas de laisser tomber sa médaille religieuse sur une carte de la ville. Il a dit ensuite aux gars de la force de frappe tactique de se mettre à la recherche d'un immeuble religieux dans le secteur où son médaillon était tombé. Tous les gars, armés jusqu'aux dents, se levèrent d'un bond et coururent vers les portes à la recherche d'une église. Le prochain coup, ils creuseront dans les cimetières. C'est tordant de constater que pendant que le médium fait toutes ces idioties, des camions pleins d'équipement entrent dans la place. On dirait la capitale de l'écoute électronique. Le responsable de la section m'a dit: «Nous surveillons plus de 40 000 abonnés, Monsieur». Ses yeux brillaient. Et ils n'arrêtent pas d'amener du matériel, des téléimprimeurs, des ordinateurs.

— Des ordinateurs?

— Pour la recherche d'information, et ils ont tout un tas d'analystes qui jouent le jeu. Écoute bien. Si le ministre se fait tuer pendant une fusillade, c'est deux ballons dans le panier pour le Front. Si, par contre, on le retrouve mort ou exécuté par le Front, c'est cinq ballons dans le panier pour le gouvernement et ainsi de suite. On peut se poser des questions. Ils ont plus d'analystes qu'Eisenhower en avait au moment du débarquement en Normandie. Ils dorment sur des lits pliants. Un

226

des avocats du gouvernement est dans l'immeuble depuis le premier jour. Il n'en est même pas sorti. Je lui ai demandé s'il était fatigué, mais non, il est heureux comme un poisson dans l'eau. Je te dis que s'il n'y avait pas eu de crise, ces gars-là en auraient inventé une.

— Dis donc, combien de personnes cherchent-ils?

— Dans l'ensemble, je dirais une vingtaine, dont deux sont les otages et trois autres sans doute des agents de police.

— Où se situe Le Colonel dans tout ça?

— Le Colonel entre et sort. Il n'est pas très loquace. Il se tient au courant de la situation.

— Il y a une chose que je ne comprends pas. Si Le Colonel n'aime pas le Premier ministre, pourquoi a-t-il travaillé si dur pour l'installer à son poste?

— Je suppose qu'il n'avait pas le choix. Sans doute déteste-t-il encore plus le Parti Québécois.

— Mais c'est un parti légalement constitué.

— Et alors? En démocratie, on a la liberté d'haïr qui on veut.

— Je suppose que c'est ce qu'ils ont en commun.

— Qui?

— Le Premier ministre et Le Colonel — ils détestent tous deux le P.Q.

— Oui, mais n'oublie pas l'homme d'affaires de St-Léonard. Il rêve aussi de faire son affaire au Parti Québécois.

À l'aérogare, Stern s'attend à ce que Ledman le salue, mais quelque chose retient celui-ci qui ne donne pas une dernière poignée de main à Stern.

Le vol est annoncé. Stern doit partir. Il retire sa main.

— Merci pour tout, Ledman.

— Écoute, quand tu seras à Alger, vas-y doucement en utilisant le contact de René.

— Pourquoi?

— C'est compliqué, mais en cent mots ou moins: René s'est fait prendre. C'est un véritable fouillis. Un de ses collègues du SDECE était ami avec le KGB, ici à Montréal. Il leur fournissait l'information que les agents français recueillaient à Washington. La Compagnie en a informé René qui en a fait rapport à Paris. Le SDECE a donné ordre à René d'avoir la peau du gars qui avait changé de camp. L'agent double s'est retrouvé dans le Saint-Laurent. Un plus haut placé dans la Compagnie en a informé la GRC. Les Services de sécurité ont de vieux comptes à régler avec le SDECE qui appuie le Front depuis des années. Le résultat: René est enfermé. Mais je suis certain qu'il s'en sortira. Ce sont de vieilles querelles qu'il faut régler.

Stern est abasourdi... clic! mais ne le fait pas voir. Il remercie à nouveau Ledman de cette information et se dirige en hâte vers la porte.

(Ledman à l'auteur: «Je pensais que ce renseignement lui porterait un dur coup avant de prendre l'avion et, qu'en route, il aurait le temps de réfléchir et de se dire «ça n'en vaut pas le coup», je pensais qu'il se contenterait de passer quelque temps en Europe pour s'amuser.»)

228

8

Ce qui est fait dans une direction peut avoir peu de ressemblance avec ce qui est souhaité.

André Breton
Les Manifestes du Surréalisme.

(L'auteur: Les sources d'information qui ont servi à la rédaction de la dernière tranche de ce rapport sont: 1) une longue lettre de Ledman à Stern, adressée quelques jours après son arrivée à Alger; 2) un échange de correspondance avec un journaliste africain; 3) les notes de la dernière interview avec Ledman à Paris en novembre 1978.

Les lumières de Montréal disparaissent dans la nuit. Stern détourne la tête de la fenêtre et s'enfonce dans son fauteuil. Il a dans la bouche le goût provoqué par l'odeur synthétique et claustrophobique du plastique et du métal, par l'ambiance des avions et des aéroports. Il calcule les heures de vol et celle de l'arrivée à Zurich, son point de «correspondance» en jargon de société aérienne. L'appareil est à moitié vide. Il peut donc relever les bras des fauteuils de chaque côté et s'allonger les jambes. Sa hâte d'arriver à Alger est quelque peu émoussée par le dernier renseignement de Ledman. Il se demande s'il lui a fait avaler une couleuvre simplement pour l'écarter. Il s'agissait peut-être d'un scénario monté avec René, au café hongrois de la rue de la Montagne... mais dans quel but?

Non, Stern est convaincu que la rencontre n'était pas faussée. Ledman et René avaient l'attitude non conformiste d'hommes qui masquent leur connaissance du professionnalisme et du sérieux de l'autre. Et pourquoi Ledman voudrait-il l'écarter? (Ledman à l'auteur: «Mon chef était au courant ce qui se passait entre Varley et Stern. Il savait aussi que Stern était à la recherche de son sosie. Varley a l'habitude de créer des incidents gênants pour la Compagnie. Le chef m'a donc suggéré d'expédier Stern. Il craignait de s'attaquer à elle de façon plus directe, étant donné la politique de la Compagnie, et le poste d'officier supérieur qu'occupait son père à la division européenne de la CIA. Cet homme avait aidé le chef à sauver la face plus d'une fois. Et puis, le chef ne pouvait pas tellement se permettre d'adopter une attitude paternelle auprès de Varley et de lui faire la leçon sur sa vie privée. C'était un homme dans la cinquantaine, aux cheveux gris foncé, plutôt gras, au visage dur, charnu et au nez brisé. En complet, il était intimidant et se tirait très bien d'affaires avec les hommes. Mais récemment, il était tombé amoureux d'une jeune hippie de vingt ans. Quand il n'était pas en service, elle lui faisait porter des chemises à fleurs, déboutonnées jusqu'à la taille, qui laissaient voir son ventre ballonné par l'âge et la chaîne en or qu'il portait au cou. C'était triste à voir. Pour les gens de la Compagnie, c'était une mauvaise blague. Il y avait toutes sortes de légendes à son propos, qu'il avait été parachuté dans la zone occupée en tant qu'officier des OSS. Il paraît que c'était un vrai dur.

Mais pour tous les autres renseignements, j'ai été franc avec Stern et je ne l'ai pas expédié parce que le chef me l'avait suggéré. Je voulais lui faire quitter la ville parce que les rapports qu'elle lui transmettait m'inquiétaient. Il en savait trop et c'était dangereux pour lui, parce qu'il n'avait aucune protection. Il ne travaillait pas pour une organisation secrète et n'avait même pas de contrat avec un journal ou un magazine. Il était tout à fait seul.»)

Stern finit par sombrer dans le demi-sommeil qui s'empare de l'esprit des passagers d'un avion à réaction. Il rêve qu'il fait l'amour à Varley et, dans son rêve, certaines parties du corps de Varley, ses bras, sa bouche, ses cheveux, se métamorphosent lentement pour prendre la forme des membres et des traits d'autres femmes qu'il a connues. Les yeux noirs latins de Varley revêtent l'indolente et rêveuse beauté annamite. Ses longues mains deviennent pâles et lumineuses. Le poids de son corps se transforme soudain sous lui et, au lieu de la volupté à son point culminant, il est surpris de trouver une forme légère, presque éthérée, enveloppée autour de lui. La sensualité de ce rêve léger et miroitant dans lequel Stern continue d'entendre et de sentir en périphérie la vibration de l'appareil et le murmure des passagers se transpose subitement dans l'abysse sans lumière et sans fond d'un cauchemar: Stern nage dans des eaux froides et sombres, un goût amer et salé à la bouche. Un courant se met à l'attirer par les pieds. Ses membres s'alourdissent tandis que le courant le fait tournoyer. Il ne peut rien faire d'autre pour ne pas couler. Il lutte pour se tenir la tête au-dessus de la mer déchaînée qui tourbillonne autour de lui dans le noir. Son corps est épuisé au-delà de toute description. Il doit renoncer, il n'a plus la force de lutter contre la mort. Mais Varley apparaît dans une barque; un homme, à la poupe, donne de rapides et puissants coups de rame qui font avancer l'embarcation sans heurts et avec force sur les eaux tourbillonnantes. En un instant de panique, Stern croit qu'ils ne l'ont pas aperçu, qu'ils vont passer tout à côté de lui sans le voir. Il crie mais aucun son ne sort de sa bouche. Puis, au dernier instant, un long bras musculaire, plus animal qu'humain, se tend vers lui et le sort de l'eau sans difficulté. Il s'effondre au fond de la barque où il pleure de soulagement et de gratitude. Mais, qu'y a-t-il? Par ses narines pénètre une forte odeur animale. Varley le tient face contre le plancher, d'une main solide. Il regarde par-dessus son épaule. L'homme qui rame, c'est Le Colonel. Il abandonne les rames. Stern aperçoit un énorme pénis avec lequel il se fait violer sauvagement. Il est trop faible et épuisé pour résister. La violente douleur secoue le corps de Stern en vagues fortes. Il entend rire Varley et regarde à nouveau par-dessus son épaule. Ce n'est pas Le Colonel qui est derrière lui mais Varley. Riant toujours, elle arrache le pénis de son corps et le jette à la mer. Une main aux ongles peints de corail s'enfonce dans l'épaule de Stern. Il ouvre les yeux. Son visage est baigné de sueurs. C'est l'hôtesse. Elle le regarde d'un air inquiet. «Monsieur, vous allez bien?» Stern marmonne. Elle hoche la tête, «Nous approchons de Zurich, veuillez boucler votre ceinture et redresser votre fauteuil».

238

Stern descend à Zurich, abasourdi, la tête vi-
dée par son cauchemar. Il ressent le désir presque
irrésistible de sortir de l'aérogare, de héler un taxi
et de disparaître dans la ville. De là, il se dit qu'il
pourrait séjourner en Europe pendant quelques
semaines et peut-être faire un saut en Grèce. Tout
pour échapper à l'hiver. Mais il résiste à cette impulsion et traîne son sac à caméras et son sac à
bandoulière vers le vol en partance pour Alger.
«Il fera plus chaud là-bas», se dit-il, pour se récon-
forter.

Arrivés à Alger, les passagers doivent rester enfermés dans l'avion pendant une heure. Les autorités aéroportuaires consacrent toute leur attention à un 707 que des pirates de l'air forcent à rester silencieux sur la piste, baigné par la lumière des projecteurs montés sur un camion et entouré de soldats. À l'intérieur, trois Panthères Noires ayant un million de dollars de rançon négocient les modalités de leur reddition au gouvernement d'Algérie.

Il tarde à Stern de découvrir le paysage bleu et blanc éclairé par le soleil des romans de Camus. Mais le temps, en ce mois de janvier, est plus froid que d'habitude. Le pilote déclare que toute la Méditerranée enregistre les températures les plus basses depuis dix ans. Même Alger est froide et humide. Ces jours-ci, sous un ciel nuageux, la ville est grise et sinistre. Un vent âpre et poussié-reux souffle dans les rues. Il trouve les Algériens renfermés et austères. Ils s'impatientent devant son français d'Amérique. Il décide de ne pas rester longtemps.

Au Hilton, il s'inscrit sous le regard fixe du réceptionniste — un noir mince aux poignets délicats et à l'expression extraordinairement sensible — qui le dévisage avec beaucoup de curiosité. Spontanément, Stern lance,

— M'sieu Malaan?

— Oui? répond l'homme en fronçant prudemment les sourcils.

Faisant un effort physique perceptible, Stern secoue son état dépressif et la torpeur due au décalage horaire pour lui tendre la main.

— Je suis un ami de René ...du Château Champlain.

L'expression de curiosité sur le visage de Malaan fait place à un sourire réservé et neutre. «Je vous rapporterai votre passeport à votre chambre, Monsieur.»

Stern est assis au Café Kadar. La radio beugle en arabe, une langue que Stern n'arrive pas à supporter. Le harangueur excité semble au bord de la frénésie. Tout au long de ses exhortations, sa voix passe facilement de l'explosion gutturale à une tonalité aiguë à peine supportable. Parmi la demi-douzaine de clients de ce petit café crasseux, aucun ne semble se préoccuper du discours interminable.

— Pourrait-on demander au patron de baisser la radio?

Malaan hausse les épaules.

— L'idée n'est pas très bonne, c'est un discours politique du Ministre de l'Éducation.

Le Café Kadar ressemble à un magasin transformé, à une ancienne épicerie en faillite. Une large pièce carrée garnie d'une vitrine sur le devant. Les murs gris-vert portent encore la trace blanche de longues lignes parallèles non peintes à l'endroit où les tablettes devaient y être fixées. La fenêtre est sale au point qu'on ne puisse discerner les traits d'une personne debout dehors sur le trottoir. À l'intérieur, l'air est alourdi par les vapeurs d'un poêle à mazout, l'odeur de la graisse brûlée et de la fumée de cigarettes éteintes depuis longtemps. Chaque fois que s'ouvre la porte, un courant d'air froid soulève les résidus les plus légers sur le plancher.

— Et s'ils ne viennent pas aujourd'hui? demande Stern.

— C'est que nous manquons de *baraka*. Pas de chance. La *Baraka* c'est le mysticisme fataliste autour duquel évolue la société algérienne.

Malaan et Stern attendent depuis trois heures. C'est le quatrième après-midi qu'ils passent ici à attendre Selim et Salem. Le patron est content de les voir car, même s'ils ne commandent que du café, Malaan verse de généreux pourboires en dollars américains fournis par Stern.

Malaan est énigmatique. Son maigre corps est blotti dans un vieux parka de l'armée américaine aux manches trop courtes et au corps beaucoup trop grand. Stern le trouve sympathique. Il a découvert que Malaan était un ancien journaliste nigérien en exil politique. Pourquoi? Il ne l'a pas encore révélé à Stern. Il est instruit, parle couramment une demi-douzaine de langues. C'est pourquoi on l'a embauché à l'hôtel. Il parle l'anglais avec une confiance impressionnante et une aisance qui révèle des études dans une école publique britannique. (Quand Stern lui avoue que l'accent de la haute bourgeoisie britannique le rend muet de timidité, Malaan réfute l'observation du revers de la main en disant: «Oui, mais il faut se rappeler que les intellectuels anglais n'ont jamais eu d'idées originales depuis la Grande Charte.») Malaan parle un français standard impeccable et, chose étonnante, il se débrouille bien en joual québécois. Il a vécu au Canada mais ne dit pas à Stern pendant combien de temps ni dans quelles circonstances.

La porte du café s'ouvre, les ordures tournoient un peu sur le plancher et deux blancs entrent, après avoir jeté un rapide coup d'oeil dans le café. L'un d'eux est gros et robuste; l'autre petit et maigre. Tous deux portent la barbe et ont une allure débraillée. Ils s'asseoient à l'autre bout de la pièce et regardent Stern fixement avec une curiosité mal dissimulée; comme on regarderait un hippie, un phénomène. Stern est irrité mais il garde son calme. Il se rappelle qu'à Montréal il estimait que ce voyage en Afrique du Nord était une bonne idée. Quinze minutes plus tard («Il faut attendre pour voir s'ils ont été suivis.»), Malaan se rend à leur table. Ils parlent pendant quelques minutes. Le gros parle la plupart du temps. Il semble en colère et s'adresse à Malaan presque avec véhémence. Ce dernier argumente calmement à voix basse. Le gros homme finit par hausser les épaules et par céder à contrecoeur à la demande pausée de Malaan.

Malaan commande du café d'un geste amical de son mince poignet et fait signe à Stern de les rejoindre. Les deux hommes saluent Stern par des grognements et des hochements de tête circonspects. (Stern se demande: Est-ce Lénine qui a

245

rédigé un pamphlet sur la nécessité d'avoir de bonnes manières entre camarades après la révolution?)

— Il va falloir leur demander ce que vous voulez tout de suite. Je crains qu'ils n'aient pas beaucoup de temps à vous consacrer, dit sèchement Malaan.

Stern commence ses explications en français mais finit par s'adresser aux deux hommes par l'intermédiaire de Malaan. Tous les trois sont curieux au début, puis perplexes et enfin amusés. Même Malaan a un petit rire.

— Qu'y a-t-il de si drôle? demande Stern, incapable de dissimuler une certaine irritation.

Malaan commence à répondre.

— Ce n'est pas ta faute, mais si tu m'avais dit ce que tu voulais savoir, nous n'aurions pas eu à passer quatre jours assis dans ce misérable endroit...

Il est interrompu par le plus gros des deux hommes qui parle l'anglais lentement, avec un fort accent. Il fait des pauses pour chercher le mot juste.

— Nous avons connu cet homme sous le nom de Morissette, mais Malaan le connaît mieux que nous... parce qu'il a fréquenté l'Université de Montréal avec lui.

Malaan lève les mains pour exprimer «Que puis-je dire d'autre?».

Puis, le gros homme demande à Stern:

— Avez-vous entendu les dernières nouvelles du Québec?

— Non.

— Hier soir, ils ont trouvé LaPalme dans une maison, mort. Je puis vous dire que le Front ne l'aurait pas tué. Il n'y gagnerait aucun avantage politique.

— Comment est-il mort?

— Il n'y a pas eu encore d'autopsie. Mais la police prétend qu'il a été torturé. On fait toutes sortes de déclarations à tort et à travers. Bien sûr, ils vont se servir de ce meurtre pour enrayer le nationalisme québécois.

Il semble qu'il aimerait bien continuer de haranguer Stern sur la question, comme si la présence de Stern, l'anglophone, symbolisait en quelque sorte les forces d'oppression. Mais son compagnon, le petit homme aux cheveux clairs qui n'a pas ouvert la bouche devant Stern, lui murmure une mise en garde et se lève pour partir. Après un signe de la main en direction de Malaan, ils sortent. À la porte, ils s'entretiennent pendant un instant. Le plus grand des deux revient et parle rapidement en français; Malaan interprète directement ses paroles à une telle vitesse que Stern a l'impression d'entendre un enregistrement de voix sur dialogues. «Un de nos amis dit qu'il a vu Morissette, celui que vous cherchez, à Paris la semaine dernière. Il mangeait avec un autre homme qui étudie à la Sorbonne. Le deuxième homme travaillait autrefois pour le gouvernement canadien. Il est économiste, mais les Anglais viennent de le congédier à cause de ses tendances séparatistes ou quelque chose du genre. Je ne sais pas son nom, mais il a beaucoup d'argent. Il se tient toujours avec les jeunes étudiants québécois de la Sorbonne. Il les amène au restaurant. Je pense que vous n'auriez pas trop de difficulté à le retrouver si vous vous rendiez à Paris.»

Malaan sort le premier du Café Kadar.

— Je ne veux pas abuser, mais si vous n'avez pas d'objection à payer la note, je peux vous indiquer un endroit un peu plus convenable où l'on peut manger et parler en sécurité.

— En sécurité?

— Mon cher Timothy, il faut vous rendre compte que la vie est plutôt difficile ici pour les étrangers. Les déplacements à l'extérieur de la ville sont étroitement contrôlés. Dans la ville même, nous sommes tous soigneusement surveillés, surtout les membres des groupes révolutionnaires en exil réfugiés ici. Le Président Boumedienne est personnellement embarrassé par tous les radicaux qui détournent des avions pour se rendre ici, surtout depuis que l'Algérie a une politique étrangère de rapprochement avec les gouvernements de l'Ouest. Les Algériens ont un urgent besoin de technologie pour exploiter leur pétrole et leurs ressources minérales. Ils ont aussi besoin d'argent, de dollars américains, mais pas au point d'accepter les rançons des pirates. Ils ont déjà remboursé le million que leur ont remis les trois Panthères Noires, le jour où tu es arrivé. Mais laisse-moi te dire, même si bon nombre des nouveaux venus ont de la peine à le croire, que la vie est beaucoup plus agréable que quand je suis arrivé en 1968.

— Que font ici les Panthères Noires?

— À vrai dire, pas grand-chose. Leur scénario, comme ils le décrivent, s'effondre. Ils ont des problèmes de leadership, il faut énormément de discipline pour vivre en exil politique. Sur le plan historique, peu d'organisations politiques survivent au traumatisme — Lénine et Trotsky ont été deux exceptions notables. Mais les Panthères, même s'ils sont sincères, ont eu très peu de contacts avec la théorie politique marxiste.

— Le gouvernement algérien les appuie-t-il?

— Tout au plus de manière symbolique. Il n'y a presque pas de travail ici, de sorte que tôt ou tard les révolutionnaires finissent par se retrouver en France pour travailler.

Ils quittent le boulevard Ernesto Che Guevara, passent devant le Théâtre National et le musée et tournent à la rue Ahmed Bouzrina. Sur le conseil de Malaan, qui porte une toque noire, ils s'arrêtent dans une boutique où Stern achète un chapeau de pêcheur noir à visière pour ne plus avoir de vent poussiéreux dans les cheveux. Ils forment un couple étrange, et les gens se retournent sur leur passage: deux hommes grands se frayant un chemin dans les rues entourant la

Kasbah. L'un très noir, l'autre très blond, captivé par la conversation de son compagnon. Stern n'est pas à son aise. Alger ne l'a pas séduit. Même s'il a fait quelques photos, l'aspect extérieur de la société qu'il y voit lui inspire de la répulsion. Elle lui paraît fermée et morne. («Il faut une âme de spartiate pour vivre ici», extrait de sa lettre à Ledman) et dans sa solitude, il désire avec entêtement les femmes aux yeux foncés qui détournent vivement le regard lorsqu'il les croise dans la rue. Son esprit et son corps ont faim et soif de la chaleur et de l'érotisme du plaisir. Il a l'impression qu'au cours de la semaine qui vient de s'écouler on lui a dérobé cette dimension psychologique de sa vie, et il se rend compte à quel point Varley lui manque.

— Malaan, qu'est-ce qu'on fait ici pour avoir des femmes?

Malaan se met à rire en lorgnant Stern de côté.

— Il faut un peu de temps, Stern. C'est un pays musulman. Il faut savoir s'y prendre. Tu as sans doute remarqué l'absence d'hommes à Alger. On n'y voit pour la plupart que de jeunes garçons ou des hommes âgés. L'explication est simple: près d'un million d'hommes furent tués au cours de la guerre contre la France; seulement 80 000 Français sont morts. Et puis, presque tous les hommes valides qui ne sont pas dans l'armée algérienne ont émigré pour travailler comme des esclaves dans les usines de l'Europe capitaliste. C'est merveilleusement ironique pour une société post-révolutionnaire, ne trouves-tu pas? Alger est un pays islamique conservateur, et la révolution est entre les mains, que certains qualifieraient de griffes, d'une bureaucratie militaire médiocre, aussi prudente que paranoïaque. Les femmes sont en bien plus grand nombre que les hommes. En théorie, nous devrions être en demande, mais les règles de la société font qu'il est plutôt difficile de répondre à cette demande. Ah, nous y voici.

Malaan baisse la tête pour franchir une étroite porte donnant sur un minuscule restaurant. Ils s'asseoient sur de petits tabourets. Leurs genoux cognent contre une table basse. Une vieille femme grasse, qui entretient un feu de charbon au centre de la pièce, accueille chaleureusement Malaan en arabe. Il commande de la cervelle bouillie et des bananes frites pour dessert. «C'est le seul plat au menu, mon vieux.» Stern hésite, mais le repas est délicieux.

Malaan raconte son histoire, tout en mangeant. Il a fui le Nigéria en 1968, juste à temps pour échapper à l'arrestation par un gouvernement mécontent d'une série d'articles critiques qu'il avait rédigés dans un petit journal dont il était le fondateur. Il a cherché asile temporairement à Alger. «J'habitais une relique croulante, l'ancien hôtel colonial devant lequel nous sommes passés tout à l'heure.» Au bout de quelques semaines, il se liait d'amitié avec trois Québécois qui logeaient à l'hôtel, «d'ardents révolutionnaires, mais très peu versés en théorie marxiste. Je leur ai donc suggéré de former un groupe de discussion. Ils étaient intéressés au début». Presque aussitôt, un autre Canadien qui habitait l'hôtel l'abordait; il se présenta comme étant un officier des Services de sécurité de la GRC et lui offrit de l'argent pour être mis au courant de ce dont discutaient les Québécois. Malaan prit l'argent. «Je ne mangeais qu'un repas par jour — le petit déjeuner — un croissant et un café.» Et il informa rapidement les Québécois de ce qui s'était passé. Ils se mirent à rire, le félicitèrent de sa *baraka* et de son sens aigu des affaires. Ils lui transmirent des quantités de fausses informations à l'intention de l'homme de la GRC qu'ils baptisèrent Le Duc. Quelques semaines plus tard, les Québécois partirent et Le Duc s'arrangea pour que Malaan prenne l'avion pour se rendre à Berlin Ouest où il rencontra un autre officier de la GRC d'un grade plus élevé, un certain Monsieur Thomas qui offrit un marché à Malaan. «La GRC paierait mon billet d'avion pour le Canada, me remettrait un permis ministériel, me verserait un salaire, me fournirait un appartement et financerait les cours de mon choix à l'Université de Montréal». En retour, Malaan devait s'infiltrer dans la Front de Libération. Le Duc et Thomas seraient ses officiers de contrôle. Malaan accepta. À son arrivée à Montréal, il découvrit «qu'il n'y avait pas de Front dans lequel s'infiltrer», seulement quelques groupes d'étudiants qui se réunissaient spontanément pour discuter du nationalisme québécois. Tout au long des six premiers mois il fit rapport d'innocentes réunions de nature politique. «Je recueillais la plupart de mes renseignements en lisant les journaux étudiants. Je me dis que c'était là un moyen bien inoffensif de passer quelques années.» Mais Le Duc et Thomas, de toute évidence, avaient l'impression de ne pas en avoir assez pour leur argent. Ses officiers de contrôle établirent donc une cellule parrallèle dirigée par un autre agent nommé Morissette, «qui, je dois dire, te ressemble énormément».

— Êtes-vous devenus bons amis?

— Nous étions très différents.

Malaan s'accrocha à ce travail pendant un an. «Je jouais les idiots, je m'arrangeais pour rater la plupart des tâches qu'on m'assignait.» Le Duc et Thomas se montrèrent de moins en moins patients et lorsqu'il refusa de servir d'intermédiaire pour fournir des explosifs et des pistolets en vue d'un vol de banque, il vit subitement son permis ministériel révoqué et se retrouva avec un billet simple pour Alger.

— As-tu déjà revu Morissette?

— Jamais.

— L'as-tu toujours connu sous le nom de Morissette?

— Oui, mais à quelques reprises Le Duc s'est échappé et l'a appelé accidentellement Stern.

— Sais-tu si Stern connaissait ce Villeneuve à Paris? Celui qui prétend être le porte-parole du Front en exil.

— Je ne sais pas. Pour ma part, je n'ai vu Villeneuve qu'une fois, quand il s'est arrêté ici avant de se rendre à Paris.

— Qui étaient les amis de Stern/Morissette à Montréal?

— Je ne puis dire. Il faut que tu comprennes bien que je me tenais loin de lui le plus possible.

— Il y avait sûrement des gens à l'université qui

semblaient être assez près de lui?

Malaan fit une pause pour réfléchir.

— Oui, il y avait une femme. Je ne me souviens plus de son nom. Une très jolie femme aux cheveux noirs, aux yeux foncés. Elle suivait des cours à temps partiel à l'université. Elle semblait l'amie de Morissette. Il lui avait donné un surnom... attends que je me rappelle. Oui, il l'appelait *la Papillonne*. Je ne sais pas pourquoi.

Stern sentit son repas de cervelle et de bananes frites faire un soubresaut dans son estomac.

(L'auteur: Extrait du dernier paquet de notes sur Centaure remises par Varley à Stern au cours de leur dîner Chez Martin. Elles font partie d'un résumé de la CIA qui fait suite à un long rapport de la GRC rédigé par Centaure, exagérant une fois de plus l'importance du supposé rôle que jouait Villeneuve à Paris en tant que prochain «leader» possible du Front de Libération.

«Le Colonel semble déterminé à mettre en oeuvre le programme «d'incitation à l'élimination» qu'il prône depuis longtemps. Il dit souvent: «Nous devons immuniser la situation.». Pour exécuter cette chirurgie, il semble avoir organisé deux groupes de trois hommes. Leurs cibles sont des membres du Front vivant à l'étranger. Aucun d'entre eux ne semble présenter une grave menace car ils ne possèdent pas les qualités voulues pour faire revivre une organisation déjà dispersée et amorphe comme le Front.

— Pour légitimer son programme d'incitation à l'élimination, Le Colonel renseigne certains hommes politiques importants au gouvernement fédéral et provincial, en leur montrant de faux documents du Front préparés par les Services de renseignements, dans le but de démontrer que le Front a:

1) une liste d'hommes politiques et d'hommes d'affaires éminents désignés comme les futures victimes d'assassinats sélectifs.

2) des projets de détournement d'avions qui, en fait, seront exécutés par des agents de police.

3) des imprimés qui exhortent les sympathisants du Front à se livrer à des actes de terrorisme, comme de faire exploser des bombes dans des supermarchés bondés de clients.

— Au poste de Québec, on estime que Le Colonel va trop loin. L'application de la Loi des mesures de guerre et l'intervention de l'armée dans la crise semblent déjà assurées — ceci et les activités du Colonel créeront vraisemblablement une réaction inévitable qui entraînera par la suite la victoire politique du Parti Québécois.

1) Détourner Le Colonel de ses objectifs

2) Tirer parti de l'imposition des mesures de guerre pour identifier l'infrastructure du Parti Québécois et étendre notre propre réseau d'agents parmi les centaines d'individus qui seront arrêtés lors des rafles massives de la police, en vertu de la Loi des mesures de guerre.»)

Tiré d'une longue lettre de Stern à Ledman, en provenance d'Alger: «Aujourd'hui, pour la première fois, les nuages se sont dispersés. Même s'il fait très froid, le ciel est bleu, le soleil brille, les maisons blanches sont éblouissantes. Alger est redevenue la ville de l'éternel été de Camus.

Je dois te dire, Ledman, que les rayons du soleil m'ont libéré de la dépression qui me tenaillait depuis mon arrivée. J'aimerais courir sur la plage. Je me retiens à la pensée que les gens d'ici percevraient cette activité comme un comportement fort étrange.

Et puis, je me sens malade. Je souffre de je ne sais quoi qui a transformé mon corps en une pierre que je n'arrive pas à soulever. Donc, au lieu de pouvoir échapper à mes fantasmes par une certaine forme d'activité physique, je suis forcé de rester assis dans ce minuscule restaurant grec que j'ai repéré, et forcé aussi de fouiller dans ce sac sombre à ouverture étroite qui renferme les mythes de ma vie. Tout au long de la journée, j'ai eu

259

l'impression que mon esprit tournait en rond autour d'une idée importante et j'ai le sentiment que si j'avais un mode de pensée plus discipliné, j'arriverais à saisir le bord de certaines de ces pensées pour comprendre la raison de ma présence ici, et ce qui masque les rapports que j'ai avec moi-même et avec ma vie. Je soupçonne qu'il me faut un simple renseignement, une clé qui me redonnera mon identité; peut-être mon sosie a-t-il ce renseignement et c'est pourquoi je dois le retrouver? Évidemment, je me dis que cette information se trouve quelque part en moi, mais comment la faire sortir de mon être? Et que pourrait bien me raconter un agent de police sur ma vie, que je ne sais déjà? Je trouve la question même absurde. Mais je pense en être venu à la conclusion que je suis un homme qui n'hésite pas à tirer les conclusions inévitables d'une absurdité fondamentale.

Une telle concentration ne donne que des illusions. Je n'arrive pas à dépasser ce point et, instinctivement, je retombe dans la sensualité des images: l'intérieur de ce minuscule café est d'un blanc immaculé. Le bois des fenêtres est peint en bleu clair. Elles encadrent le port en bas et, au-delà, la scintillante Méditerranée. Je me suis lié d'amitié avec le patron, un Monsieur Souvlakos. Nous conversons dans un français limité, le sien étant encore moins bon que le mien. Il sympathise ave mon état physique et me verse de temps à autre un verre de brandy qu'il conserve dans un endroit secret derrière le comptoir. Il me dit avec fierté qu'il a été toute sa vie «membre du parti communiste grec». Son demi-sourire et son haussement d'épaules représentent une vie entière d'amères luttes politiques qui l'ont laissé résigné mais philosophe, en train de passer les dernières années de sa vie dans ce port étranger. Il me demande si j'aime sa musique. Le fait qu'un nord-américain connaisse Nana Mouskouri l'impressionne. Sa voix douce et pure remplit cette petite pièce. Il est incroyable de penser que de si belles chansons parlent de tortures et d'emprisonnement. Souvlakos fait des gestes en direction de la musique, du soleil, de la mer, cherche ses mots et opte pour les seuls qu'il puisse prononcer: «La vie», dit-il, «toujours belle, toujours triste.» En réalité, ce n'est pas si mal pour un homme qui a fait un si long chemin à la recherche de son moi. Je suppose que cela signifie qu'il est possible de trouver une certaine joie dans la lutte.

Je projette un court séjour à Paris dans quelques jours. Je t'écrirai de là-bas, ou peut-être à mon retour.»

L'écriture de Stern est confuse. Souvent, sur une même ligne, les mots montent ou descendent. Ses lettres ne sont jamais complètement formées. Il met rarement les points sur les i et les barres sur les t. Et pourtant, le tout présente un aspect organiquement unifié. (Ledman: «Ça ressemble un peu à une toile de Soutine, n'est-ce pas?») Le Docteur Pamela Brown, expert-graphologue, rapporte:

Nous sommes ici en présence de l'écriture d'une personne repliée sur elle-même, qui fait semblant d'être amicale et parfois loquace. C'est en quelque sorte du bluff. Il parle, mais jamais de lui-même. Il trouve les gens fascinants, mais n'en aime vraiment qu'un très petit nombre. Il serait peut-être surpris d'apprendre cela à propos de lui-même, car il a le sentiment de s'intéresser énormément aux autres. Mais il les voit en tant que sujets à étudier et ne forme aucun lien personnel étroit avec eux.

Cet homme travaille seul et aime que les choses soient ainsi. En fait, il n'aime pas le bruit ni le changement. Il est hypersensible aux impressions sensorielles. Les couleurs criardes l'irritent, tout comme les sons discordants et le mouvement excessif. Il s'intéresse aux théories, à la façon dont fonctionnent les choses et à ce qui fait agir les gens. Il possède le don d'aller à l'essentiel et son sens critique aigu lui sert à tirer des conclusions qui sont très près de la vérité.

Cette écriture témoigne d'un rythme puissant qui est le signe non seulement d'un esprit concis mais d'une personne capable d'accomplir plus de choses en déployant moins d'efforts que la plupart des gens. Il est intuitif et intelligent. Il éprouve des sentiments profonds. Sous une pression extrême, cet homme rentre profondément en lui-même. On sent en lui une pointe de violence, mais le seul tort qu'elle pourrait causer serait à lui-même.

Malaan dans sa lettre à l'auteur: «Stern tomba malade et dut garder le lit pendant quelques jours; les problèmes habituels d'adaptation à la cuisine algérienne. Je ne crois pas que c'était grave. Il me dit toutefois qu'il éprouvait de la difficulté à dormir et qu'il avait d'affreux cauchemars. J'ai monté à sa chambre quelques journaux de Montréal, vieux d'une semaine. On y voyait des photos de soldats et de tanks dans les rues et on y rapportait l'arrestation de centaines de personnes par la police, en vertu de la Loi des mesures de guerre, proclamée pour assurer la sécurité de l'état.

Je me souviens d'avoir entendu Stern murmurer, «Grand Dieu, tout ceci pour une quinzaine de révolutionnaires». Nous avons ri en voyant une caricature qu'il découpa plus tard pour la coller sur le miroir. Elle illustrait un ministre de cabinet tenant une pile d'annuaires téléphoniques de Montréal. En sous-titre: *Nous avons maintenant une liste de personnes suspectes.*

Un peu plus tard, le même après-midi, je montai un télégramme à sa chambre. Il venait de Montréal. Je ne me souviens plus du libellé, mais on y parlait du Docteur Untel, simplement des initiales, qui se trouvait à Paris et prêt à donner à un ami commun un traitement e.i. ou i.v. Il était signé par une demoiselle Nestor.

Je lui ai alors dit que les Algériens avaient sans doute transmis une coupe du télégramme à l'ambassade du Canada. Nous avons discuté de ses projets. Il était venu à Alger avec un permis de touriste de trois semaines qui expirerait dans quelques jours. Il m'apprit qu'il se rendrait à Paris pour renouveler son visa. Je pense qu'il commençait à s'intéresser à Alger. Je sais qu'il avait fait quelques photos de la ville. Puisqu'il se rendait à Paris, je lui demandai s'il consentirait à livrer en main propre une lettre qu'on m'avait confiée à l'intention de Villeneuve. C'était un message d'un Québécois d'Alger. Je présume qu'il suggérait à Villeneuve de se taire car il parlait trop.

Le lendemain de son départ, ses quelques effets personnels furent sortis de sa chambre et disparurent mystérieusement. Je découvris aussi que sa fiche d'inscription n'était plus dans les dossiers. Il n'y a aucun autre renseignement à propos de Stern à Alger.»

L'auteur fut incapable de savoir si Stern s'était inscrit dans un hôtel à Paris ou s'il était entré en contact avec quelqu'un à son arrivée dans la ville.

Il est deux heures trente de l'après-midi. Un homme grand, portant un imperméable bleu délavé et une casquette de marin noire souillée, posée sur ses cheveux blonds plutôt longs, passe de l'humidité pluvieuse de l'après-mdid à la chaleur éclairée au néon du Cavalier d'Or. L'intérieur est étrange. D'un côté, un long comptoir en bois poli, très beau, au dessus de marbre blanc, qui a survécu à un attrayant bistrot maintenant démoli, du Paris des années 30. Le reste de la pièce est meublé de tables bon marché à dessus de vinyle, fabriquées en série, et de chaises formées de tubes en métal surmontés de sièges et de dossiers en contre-plaqué. Les murs sont décorés de fausses pièces marocaines d'un mauvais goût certain. Dans un coin, huit ou neuf hommes, réunis autour du téléviseur, regardent un match de football transmis d'Italie par satellite. Ils sont bruyants et suivent le jeu avec enthousiasme. Le patron est debout à côté d'eux et suit le match. Les autres clientes du bar, deux prostituées qui ne sont plus

dans la vingtaine, bavardent tranquillement devant un verre de vin. L'une d'elles lève la tête en
direction de l'homme blond, le regard inquisiteur, mais il ne réagit pas. En fait, l'homme a l'air
malade, renfermé. Dans la pâleur grisâtre de son
visage perce une certaine expression d'intelligence. Il a l'air profondément préoccupé, à peine
conscient du monde qui l'entoure. L'une des
prostituées appelle le patron.

«Eh, Robert! tu as un client!»

Robert, accommodant, se dirige vers le bar. Le
client commande un cognac. Il parle français avec
un accent d'Amérique du Nord. Le patron le sert
distraitement, un oeil sur le téléviseur, lui rend la
monnaie et retourne se placer derrière les hommes qui regardent le match. L'homme sirote son
cognac et nerveusement, le verre à la main, jette
souvent un coup d'oeil aux fenêtres du fond. De
sa main libre, il essuie la buée sur un des carreaux
pour voir dehors. Rien d'autre qu'une austère
cour en béton et des flaques d'eau. Contre le mur,
la niche d'un chien. Le bout d'une longue chaîne
disparaît dans la niche et l'homme distingue à
peine le museau d'un chien à l'air morose qui
dépasse de l'ouverture pratiquée dans la niche.

Il finit son cognac. Il a encore froid et son
corps frissonne. L'humidité lui a pénétré les os. Il
demande à l'une des prostituées le chemin de la
rue de la Charbonnière.

«Je vous accompagne?» suggère-t-elle.

Il refuse poliment et sort, remet sa casquette et
remonte le col de son imperméable.

Il trouve le 18, frappe à l'appartement de la

concierge. Personne ne répond. Il fouille dans une poche intérieure, en sort un carnet et lit avec difficulté une adresse dans la pénombre. Le petit immeuble est minable. L'escalier est éclairé par des fenêtres encrassées qui donnent sur une cour centrale. Il s'arrête devant le no 7. Une note sur la porte, tapée à la machine, dit: *Henri, nous sommes au restaurant grec, chez Thessalonia*. Il frappe. Pas de réponse. Il tourne la poignée, la porte s'ouvre. Elle n'est pas verrouillée. Il hésite un instant, puis ferme la porte et redescend. Au pied de l'escalier, l'homme doit s'appuyer un moment contre le mur pour ne pas perdre l'équilibre. Il est en sueurs, il a chaud subitement, se sent fiévreux et très malade.

Au restaurant grec, un autre groupe d'hommes regarde le match de football. Mais, à une autre table, trois hommes et deux femmes sont assis devant les restes de ce qui semble avoir été un repas de fête. Ils blaguent et parlent. Le vin a rougi leurs visages. À leur accent, ils semblent Québécois. L'homme blond à l'imperméable bleu s'assied tout près des amateurs de football et, tout en feignant de s'intéresser au match, il surveille les Québécois. Il se rend compte que la description qu'on lui a faite est trop vague pour reconnaître l'un des hommes attablés. Mais après les avoir observés pendant un certain temps, il a nettement l'impression que l'une des femmes est en réalité un travesti. Il/elle porte une robe ample en denim bleu et une perruque mal ajustée sur un visage blême, allongé, qui l'attire étrangement. Il/elle parle d'une voix rauque masculine. Un peu plus tard, le travesti quitte le restaurant en compagnie d'un des hommes. Après leur départ, l'un de ceux qui restent attablés fait une blague, de toute évidence aux frais de ceux qui viennent de partir, car tous les autres rient en choeur. Ils commandent une autre bouteille. L'homme à l'imperméable bleu se sent de plus en plus mal et décide de partir. Il reviendra un autre jour. En se rendant au métro, il passe rue de la Charbonnière et, agissant sous le coup d'une impulsion, il entre à nouveau au numéro 18 et grimpe l'escalier jusqu'au minable palier du premier.

La porte est encore ouverte. Il entre, cherche un interrupteur, mais n'en trouve pas près de la porte. Dans la pénombre de la pièce, il aperçoit sous la fenêtre qui donne sur la cour une table de travail recouverte de livres; ce qui semble être le manuscrit d'un livre, une machine à écrire portative bon marché et des feuilles de papier blanc. Sans enlever son manteau ni son chapeau, il s'asseoit à la machine, y place une feuille de papier propre et se met à taper. Il a subitement conscience d'un mouvement derrière lui, à côté de lui, trop tard . . .le bout du silencieux repose contre sa tempe, clic! la dernière image qu'il retient, le dernier fragment d'information emprisonné dans la rétine de ses yeux . . .un homme grand aux cheveux blonds, debout. Il porte une longue robe bleue en demin, tient un pistolet à la main, une perruque foncée de l'autre.

Ledman, à l'auteur, au cours de sa dernière interview à Paris, en septembre 1978: «Dès que j'appris que la police parisienne détenait Stern pour interrogatoire, je quittai immédiatement Montréal pour me rendre ici. Il me fallut 48 heures pour obtenir la permission de partir et prendre les dispositions nécessaires mais ce fut assez facile. À Montréal, les choses commençaient à se calmer, LaPalme était mort, le Britannique libéré, une cellule emprisonnée et l'autre à Cuba. Nous avions mis nos pions en place, notre propre réseau parmi les quatre cents personnes cueillies pendant l'état d'urgence, ou le nom qu'on lui donne au Canada, la Loi des mesures de guerre. Donc, je n'ai pas eu trop de mal à obtenir quelques semaines de congé.

L'inquiétant . . .c'est qu'il ressemblait en tous points à Stern . . .il parlait même un peu comme lui.

— Qui?

— Celui qu'ils détenaient sous le nom de Tim

271

Stern. Il avait même un petit quelque chose de la personnalité réservée de Stern. Ça ne faisait aucun doute, ils étaient de véritables sosies. Il essaya même de me mettre en boîte. «Salut, Ledman, penses-tu pouvoir me sortir de ce pétrin?» Chapeau! mais je savais... je savais! J'ai donc commencé à le mettre à l'épreuve par des allusions à notre séjour au Viet-nam. Voilà où il a commis une erreur. Il en savait trop! Il savait trop de choses sur moi, des choses que Stern ne pouvait savoir.

— Quoi, par exemple?

— Les opérations auxquelles j'avais participé, mon rôle dans l'Opération Phoenix. Stern n'aurait jamais su des choses pareilles... jamais... au grand jamais! J'ai alors compris que l'homme savait que je viendrais. La Compagnie ou quelqu'un à la Compagnie l'avait renseigné sur mon compte. Cette prise de conscience me figea. Je savais qu'il était temps de me retirer.

— Qu'avez-vous fait ensuite?

— À vrai dire, j'avais une peur bleue. Je passai quelques jours à me promener dans Paris, à moitié saoul. Mais toute cette histoire me tourmentait. Je retournai voir le gars qu'ils détenaient sous le nom de Stern. Je me dis que j'avais dû me tromper et je voulais vérifier si mes soupçons étaient justifiés. Mais on l'avait libéré, faute de preuves. On me donna une adresse où je pourrais le trouver. Elle était fausse.

— Stern était-il Villeneuve, en réalité?

— Non... non. Les parents de Villeneuve vinrent identifier le corps et le ramenèrent au Québec. Je me dis qu'une chose semblable avait pu se passer. Je retournai donc interroger la concierge. L'après-midi du meurtre, elle était allée rendre visite à sa mère à l'hôpital. Elle n'avait rien vu. Sa description de Villeneuve ne concordait en rien avec celle de Stern; taille moyenne, poids moyen, teint foncé, cheveux châtains ternes. Stern était un jeune dieu blond. Il ressortait dans une foule. Les femmes... et bien..., elles... je me souviens à Saigon, où les Vietnamiennes ne sont pas particulièrement attirées par les Blancs. Nous marchions ensemble dans la rue, et elles se retournaient toutes sur son passage. J'ai même montré à la concierge une photo de Stern et elle me dit, non que si elle l'avait vu, elle s'en souviendrait. Au moment où j'allais partir, elle lança: «Monsieur cherche peut-être l'autre homme.».

— Quel autre homme?

— Voilà! En réalité, elle ne l'avait pas vu, mais elle m'apprit que deux cadavres avaient été sortis de la pièce. Un des locataires lui dit que Villeneuve n'était pas le seul cadavre trouvé dans l'appartement.

— Et alors?

— Je sortis dans la rue, juste sous le nez d'une voiture de la Compagnie dans laquelle avaient pris place deux officiers. Le chef de poste à Paris avait ordonné mon arrestation. Il était furieux et voulait savoir ce que je faisais dans son territoire, en train de fureter et de poser des questions. Il m'accusa d'instabilité mentale, prétendit que c'était inscrit à mon dossier et finit par m'ordonner de reprendre mon service au Québec.

— Lui avez-vous obéi?

— Pendant un certain temps, mais je savais que mes jours à la Compagnie étaient comptés. C'est pourquoi j'ai démissionné. Je ne suis jamais rentré aux Etats-Unis. J'éprouvais trop de crainte et de dégoût pour ce qui s'y passait. J'ai essayé de m'installer à Toronto, j'y ai même acheté une maison. Mais dans un pays comme le Canada, il est plutôt difficile d'échapper aux États-Unis. Je suis venu en vacances à Paris et j'ai décidé d'y rester. J'ai tout arrangé d'ici. Un avocat, notre ami commun, s'est occupé de la vente de ma maison à Toronto.

— Et l'autre cadavre, était-ce celui de Stern?

— Il m'a fallu deux ans pour savoir ce qui s'était passé et je ne suis pas encore convaincu d'avoir trouvé la solution. Je suis resté en contact avec René, le gars du SDECE à Montréal. Il plaida coupable au meurtre de son associé. Son procès à Montréal se déroula comme s'il s'était agi d'un règlement de compte entre deux associés en affaires. Ils avaient un commerce d'importations d'oeuvres d'art qui servait de façade aux opérations du SDECE. Il fut condamné à quatorze ans d'emprisonnement. Nous avons correspondu. J'ai même aidé sa famille ici. Il a des filles. Deux ans plus tard, il était déporté en France et relâché. C'était probablement la dernière clause du marché à propos de Stern.

— Je regrette, mais je ne vous suis pas.

— À son retour, René a parlé à certains de ses anciens confrères du SDECE. Selon eux, il semble que les choses se soient déroulées ainsi: le sosie de Stern était devenu l'un des hommes de main du Colonel. Il attendait le retour de Villeneuve à son appartement, mais pour une raison quelconque, personne ne sait pourquoi, Stern entra et s'assit pour écrire une note à Villeneuve.

— Une note?

— Pour l'avertir qu'on allait le liquider, qu'il était sur la liste du programme «d'incitation à l'élimination» du Colonel. C'était peut-être une note lui disant qu'il voulait lui parler, qui sait? Mais . . .

— Oui, je sais. C'est idiot, insensé, stupide. La pièce était mal éclairée. Stern portait un chapeau ou quelque chose qui lui couvrait les cheveux. L'homme de main n'a pas identifié sa victime avant de tirer. Il semble qu'il en était à son premier coup. Il est venu de derrière et a visé Stern à la tempe. Puis, il s'est rendu compte de son erreur, mais trop tard. Quelques instants plus tard, Villeneuve entrait à son tour. L'homme l'a tué aussi, tout simplement. Tu veux savoir? Voilà comment la plupart des gens se font tuer dans le monde de l'espionnage. Ils se trouvent au mauvais endroit au mauvais moment, par erreur.

— Pourquoi a-t-on maquillé tout ça?

— À mon avis, toute cette opération était en quelque sorte une entente au niveau des cadres moyens entre divers organismes de renseignements. Le SDECE savait que ça arriverait, mais n'était pas d'accord. Il y a toute une tradition relative à ce genre de comportement dans ce pays. En retour de certaines faveurs prédéterminées, et à condition qu'aucun de leurs citoyens n'en souffre, ils ferment les yeux. Ce genre de chose arrive assez fréquemment en France. L'affaire Ben Barka en est probablement l'exemple le plus célèbre. Donc, au moment de l'opération Villeneuve, les agences de renseignements en cause se protégèrent mutuellement, une des conditions posées par le SDECE étant la libération de René.

— Qu'est-il arrivé à l'homme de main du Colonel?

Ledman haussa les épaules.

— Il travaille peut-être encore pour Le Colonel, qui sait? Il a peut-être choisi un autre rôle. Pour des gars comme lui, le travail ne manque pas: homme de main en Amérique latine, agent double tout en travaillant pour une agence gouvernementale en Afrique, espion pour une entreprise multinationale. Il sera sans doute intégré au réseau. Il se trouvera toujours un Colonel quelque part, en train de débiter des statistiques sur la révolution nationale et la sécurité de l'état, et qui aura besoin d'un meurtre ou d'un enlèvement pour légitimer sa position.

L'AUTEUR N'A PAS D'AUTRES RENSEIGNEMENTS SUR TIMOTHY STERN.

ÉPILOGUE

Varley, que l'auteur a retracée dans un poste de la CIA en Afrique Centrale, était inabordable, a refusé de répondre aux communications et aux représentations de l'auteur. Aux dernières nouvelles, transmises par Ledman, elle semait la consternation à l'Agence à cause d'une liaison avec un dirigeant de l'organisation révolutionnaire marxiste locale.

Le Colonel? — Promu.

L'homme d'affaires de St-Léonard? — Mort, assassiné devant sa porte par un Lupara 12, instrument d'exécution de prédilection de la Mafia.

René — Patron d'un bistrot à Marseille?

Selim et Salem? — Vivent maintenant au Québec.

Malaan? — Détenu dans une prison nigérienne, sans accusation.

Centaure? — Travaille pour le Parti Québécois.

Atkinson? — Désintéressé par le sort de Stern, il a refusé d'accorder une interview à l'auteur, qui a dû se contenter d'une courte conversation téléphonique: «Si ce que vous dites est vrai, Stern s'est fait avoir. Ça ne me surprend pas, on pouvait s'y attendre. Personnellement, je ne considère pas ça comme une grosse perte. Il n'était pas très utile en tant que journaliste, de toute façon. En tant qu'être humain, il n'était pas ce qu'on fait de mieux. Non, je n'ai jamais cru à cette histoire d'homosexualité. Il passait son temps à tourner autour des femmes des autres.».

La dernière communication de Ledman — un schéma manuscrit dont l'auteur n'a pas fait la demande, indique les rapports approximatifs entre le groupe du Colonel et d'autres organismes de renseignements du Canada. Il l'accompagne de l'avertissement suivant:

«Soyez prudent dans ce que vous dites et dans le choix des personnes à propos desquelles vous écrivez. Vous avez choisi de vivre dans un étrange pays: aucune constitution, aucune loi ne garantit la liberté d'expression, pas même la liberté d'assemblée. Je suppose que vous ne saviez pas que le Code criminel canadien avait été conçu pour les Indes par quelques bureaucrates britanniques. Mais les Indiens l'ont rejeté en prétendant qu'il était trop oppressif. Je suppose qu'on s'en est servi pour la colonie suivante, le Canada. Personne n'a semblé protester. Bonne chance.»

Beauchemin